夏の日に

佐古幸男

目次

あとがきでまえがき

あとがきでまえがき、何故こんな変な書き出しになってしまったのか、説明書きをお許しいただきたい。

以前私は、本を出している。

幻冬舎から「市井の片隅で」と題して出版していただいた。物書きとは全く無縁の私が「ひふみ神示」を読んでいると、まもなく私達の住んでいる世界に終わりが来ると言う。

この世の終わりが来る前に、来たる次の世界に進むべき人々を神が選別し、神のしるしを付けておくというのである。此の一文を見、出版のイロハも分からぬ者が神様のお役に立ちたいの思い一心で、止むにやまれず書いた次第である。「市井の片隅で」のあとがきで私は大きな過ちを犯してしまった。それにより私の体に異変がおこった。

若い頃から、ある程度年をとれば田舎で自給自足の暮らしをしたいと考えていた。

令和二年六月から家探しを始め、嫌がる妻を説得し、私と妻の生まれ故郷に近い所に家を求め、三年初頭から引っ越しの準備を進めてきた。毎月、一回ないし二回、軽トラで家財を運び込んでいた。六月二十四日徳島に来て二十六日大阪に何事も無く帰った。

あくる日から全く食欲がなくなった。

当初、私は喜んでいた。若い頃断食をやってみたいと思っていた時期があるからである。生駒山に二ヶ所、断食道場の看板を掲げているのも知っている。道場に行かなくても何の苦も無く断食が出来ると思ったからである。

断食は一週間かけてゆっくり食べ物をへらし、二・三日間水だけで暮らし、又一週間かけて食欲を戻していくという知識はあった。

二日間は水の一滴も飲んでいない。

二日過ぎた頃からめまい、ふらつきを覚え、三日目に西瓜の先っぽ少しと麦茶少し飲むも、めまい、ふらつきはひどくなる一方である。七月一日、妻に急き立てられ近くの病院へ行く。此の頃は幼子が伝い歩きをするような状態である。頑固者の私は未だ病院行きを拒んでいた。片手で妻の肩につかまり、片手で杖つくと言う情けない状態で七百メートル程度先の病院へ歩いて行った。

受付を済ませると、脳神経外科の前で待つように言われ、看護婦さんが両手をだし手首を強く握る様に言うがあまり力をいれなかった。そこへ先生がやって来て症状を訊かれ、めまい、ふらつきがすると告げると歩いてみろと言う。真っ直ぐ歩けないのを見てとると電話を取出し、この様な患者を待たせてはいけない、直ちに緊急外来にまわせと指示している。

此の頃まず疑われるのは新型コロナである。

鼻の中に綿棒を差し込みグリグリまわし検体を取っている。すぐに診察室に行き浴衣に着替えさせられ、いろんな検査が始まり点滴も受けている。狭い台車に乗せられ部屋を移動するたび、不安そうな顔の家内が覗き込む。

脳波の検査の時には頭部を固定され、絶対に動かないで下さいと言われ、大きな音がしたかと思えば、あちらでコンコンこちらでコンコン、ひどく長い時間に思えた。

脳波の検査が終わるとまた診察室に逆戻り、さきほどと同じように体中に聴診器のようなものを貼り付けられ、点滴を受けている。

先生はパソコンの画像を見つめ何度も首をかしげる。何度か診察室を出入りした後、ここ一週間の食事の内容を聞かれたので、昨日は西瓜の先っぽ少しと野菜ジュース、一昨日もほぼ同じようなものと答えると、大きく頷き、

「それだ。水分の絶対量が不足している。野菜ジュースと言ってもわずか二百cc、人間は一日少なくとも一・五リットル、夏場汗をかく時は三リットル必要、しっかり水を飲みなさい」。

といわれ、別の部屋で点滴を続けた。

点滴が終わるのを見計らって先生が部屋にやってきて、「起き上がって歩いてみてください」。といわれ、歩いてみるがまだ大きくふらつく、

「ふーーん、まだふらついていますね、今日はこれで帰ってください」。

「先生、薬は」。と尋ねると
「薬は必要ありません。帰ったらしっかり水を飲んでください。二三日してまだおかしければまた来てください」。

と言われ帰宅することになった。

六時間くらい待っていたであろうか、家内の所へ行き、「帰るよ」。と告げると
「帰ってもいいの、薬は」。

「薬は要らない帰って水を飲めと言われた」。

「このまま入院するとばかり考えていた、何を揃えたらいいのか考えていた、とにかく、よかったよかった」。

次の日から、教えられたように水分摂取を心がけるも症状は幾分軽くなったが、まだすっきりしない。毎日、自分のやったことを、あれが悪かったか、これが悪かったかと考えてみるも思い当る事が無い。十日ほどたっていただろうか、たぶん此れだと思いついたがまだ確信がなく、神様に詫びる気になれ

ない。

更に五日ほどしてこれしかないと思い、家に小さな神床を作り神様をお祀りしている前に行き、額ずいて、

「このたびは、神様に対しまして心ならずも大変ご無礼な事を致しまして誠に申し訳なくお詫び申しあげます」。

御神前に額ずきお詫びをしたとたんに頭が軽くなり、立ち上がってみても、めまい、ふらつきがなくなっている。

此の時、思い至り、お詫びした内容が以前「市井の片隅で」のあとがきの冒頭に、宗教という名のパズルを拾い集め、ジグソーパズルを組み立てるように書いたのが此の書籍「市井の片隅で」です。

これがいけなかった。

神様はスウ教　崇数と、シュウ教、宗教をはっきり分けておられる。人の言うことを信じ仰ぐのが宗教の信仰、ムネ、胸、陰、水、の教え。陰の教え、陰の時代から陽の教え、陽の時代に切り替えたと宣言されている。

人向き信仰から神向き信仰へ、信者と言わず神様と手を組むと言う意味で組手と云う。

詳しくは真光教団の御聖言をご一読いただきたい。

此のことに気が付き御神前に額ずいた時、頭が軽くなりめまい、ふらつきはなくなった。

気が付いても依怙地な性格なのかなかなかお詫びはできないでいた。

体調の悪い時はあれこれ考えるのである。

病院に行く朝「市井の片隅で」。の担当者にあとがきの一部を削除してほしいとお願いした。

「どうしてですか」。と尋ねられたので

「人間が立ち入ってはいけない部分に立ち入ってしまったかもしれないと思うからです」。

と答えると了解していただけた。

あとがきのなかで、あとがきとしては少し長くなりますが、最後まで読んでいただいた方にお礼と、サービスと、蛇足を書かせていただきます。と書いているが蛇足の部分がない。個人的に差し上げた人達の中で何人かから意見を聞かせていただいたが此のことに触れた人はいなかった。

削除していただいた蛇足の部分です。

無学者が何を語るかと笑われること覚悟で以下は私の考えと思っていただければ幸いです。

「神霊聖典」最後の章である第百七十章

弥勒の世の出現にならい考えて見ますと、これまで別れ別れになっていた神々様、もとの様に戻られるのではないでしょうか。

神話の中のイザナギの神様イザナミの神様、艮の金人様坤の金人様、此の表現が適切かわかりませんが伊勢神宮の天照大御神様、女神さまと伝えられていると思います。ホツマツタエで語られているのは男性の天照大御神様に思われます。

いわば、別居されていた神様が元に戻られ、相まみえ、嬉し嬉しになられるのではないかと思われます。

何事も先ず神様からと思いこのようなことを書きました。

神様の世界から霊界に以写し人類界にうつぅてくる。その時は文明のカスは取り払われ光の世界になっている。

このような世界に進める人はたいへん少なく、ひふみ神示では三分が難しいと何度もでてきます。光の世に進める人は最早人間とか人類とかではなく、神様の域にまで進める人かとも思われます。一人でも多くの人が良い世界に移られることを願うのみです。

以下は蛇足です。

私が三十歳代前半の頃だと思います。

古老から「いんべはん」という言葉を度々聞き、「いんべはん」とは何者ぞと思い調べてみたくなりあちこち歩きましたが小さな社、形跡しかなく、諦めかけたとき、生まれた貞光町の友内山の友内神社で天日鷲ノ命の掛け軸が掛けられているのを見て終わりにしようと思ったのですが、地図を広げてみると、隣町の穴吹町に白人の瀬、白人神社を見、朝早く尋ねてみると境内いっぱいに銀杏の葉が散っていて、神様が黄金の絨毯を敷き詰めて歓迎してくれたのかと思うほどでした。

白人神社のすぐ近くに神明神社と書かれたものがあり、長い石段を登って行くと鬱蒼とした森の中に小さな石を積み上げ、入口が三カ所あり、中に五柱の神様を祀られたであろう遺跡が見え、一目で、五社三門の原型が残されていたのであろうと感じられた。

忌部氏の斎祀跡であろうと思われた。

穴吹町の職員の方に知遇を得、この話をすると町から予算が出、以後遺跡の保護に努めると話してくれた。

地図を眺めていると不思議に思う事がある。

四国には吉野川が有り、和歌山で紀ノ川と成り、また吉野川になる。

紀、キの両側にヨシノがある。

これは何を意味しているのだろうか。

徳島、阿波と言われる土地は何か特別な意味があるように思えてならない。

本文、流行神様のところで「野津郷大権現」様の神名を見て意味も無く、オオゲツヒメ様の神名が頭をよぎったが未だになぜかわからない。

私の行動範囲、知識の範囲はきわめて狭い。

すぐ近くにあっても知らないことばかり。

イザナギの神様、イザナミの神様、二柱祀られているのは多賀大社が良く知られている。

淡路島にはイザナギ神社があり何度かお参りに行かせてもらったことがある。

イザナミの神様にもお参りしたいとの思いがあったが果たせずにいた。

近年になりひょんなことから半田町にイザナミ神社があることを知り数回お参りさせていただいた。

つい最近になり穴吹町にもイザナミ神社があることを知り出かけてみると、半田町、穴吹町共に神社は吉野川の河川敷といってもよいような所にある。所謂遊水地帯と言えば良いかもしれない。

昔から洪水に備え竹藪が続いている。

竹藪の中に隠れるように神社がある。

誰かに教えてもらわなければ気が付かないような所にある。

地元の人でも知らないと言う。

距離にして十キロぐらいだろうか、何故こんな所にと考えてみると思い当たるのは太古の神の因縁である。

イザナギの神様は霊系、日、火をあらわし、
イザナミの神様は体系、身、水をあらわす。

イザナギの神様は丘と言ってもいいような所に祀られている。

イザナミの神様はまさに水辺に祀られている。

ひとたび洪水に見舞われると人々は大変、神社、神様も大変、近年は吉野川の水を香川県に分水して以後洪水はなくなったという。

洪水がなくなったから総て良しとは言えない人もいる。

子供の頃は季節になると無数の鮎釣り船が見られたが最近は全く見かけない。

鮎は岩に生えた藻を餌にして成長している。

水が少なくなると岩に土が残り、藻、苔が生えにくくなり食物を失う。

数年に一度の洪水で岩の表面が洗われ苔が生えやすくなるといわれ、最近の鮎は殆ど養殖物と聞く。

適度の洪水は下流域に豊穣の土をもたらすと言う説もある。

これからは私の妄言である。

旧約、新約の聖書の神様はイザナミの神様ではなかろうかと思う時がある。

うまく説明できないがそのような気がすると云う程度のことである。

こじつけてみるなれば「出口和明」氏の示された、「ことたまノアとナオの方舟」である。

スに繋がる三角形でイエスの三角形にスクウが現れる。イエスの救いはアメリカ、アフリカ、ヨーロッパであり、アジアには届かない。

太古の神の因縁ではイザナギの神様は霊系を主宰し給い、イザナミの神様は体系を主宰し給うと記され、アジア、こと、日本は霊的には優れているのではないかと思うのである。

体的にはアメリカ、アフリカ、ヨーロッパに及ばないのではないだろうか。

私の妄想、妄言を終わります。

幻冬舎様、担当、指導していただきました。

市村様、拙き文章を世に出していただく運びとなりましたこと、御礼申し上げます。

思い起こせばこの世に生を受けて以来良い人ばかりに巡り会ってきたと思います。

かかわってきた人全てに御礼申し上げます。

一人でも多くの人がミロクの世、光の世に進まれることを望みます。

以上が「市井の片隅で」で削除していただいた部分です。
改めて御礼申し上げます。

参拝

松屋町筋から谷町六丁目に向かい、ゆるい登り坂を行くと左側に短い石段の先に祠と榎が見えてくる。正しくは榎ではなくエンジュだといわれている。地域の人達に大事にされているのか周辺はいつも綺麗に掃き清められていて、榎木大明神として祀られている。

道ゆく人が手を合わせている姿をよく見かける。

地下鉄谷町六丁目で降り、長い地下道を歩いていると強い向かい風が吹いてきた。

暦の上では春だというのに冷たい風に感じられる。コートをはおって来ればよかったと悔やんだ。

階段を登りながら、どんな人達があの木を守ってきたのだろうと、又どう声を掛ければよいだろうと考えていた。

何百年も生きてきた木が一度は枯れてしまったかと思われたが、幸いにして久しぶりに見た木は生きていた。以前ほどの枝ぶりではない様に思えるが生きていた。

木と、木を守ってきた人達に感謝いっぱいである。

地上に出るとつい先ほどまで雨が降っていたように思える。この冬、上本町六丁目で仕事をすることになり、久しぶりに谷町六丁目で途中下車し、榎木大明神にお参りしたとき、祭りが執り行われると日時を記した紙が貼られていた。祭りの様子が見たくて出かけてきた。

谷町筋から安堂寺通りを西に歩くと左側に榎木大明神を正面に見ることが出来る。角まで来ると数人の人が慌ただしく机を並べたり供物をお供えしたり、祭りの準備をしている。参列者、参拝者の接待用と思われるお茶、茶菓子も並べられた。

一段落した頃合いを見計らい、

「参拝させていただいてよろしいでしょうか、急な雨で大変だったようですね」。

「どうぞ、どうぞ、参拝される方大歓迎ですよ、一度準備が終わった後、にわか雨で撤去をして、もう大丈夫だろうと再度の準備が出来たところです」。

少し厚かましい気もしたが参拝者の一人に加えてもらった。

今、榎は一本であるが、何年か前まで石段の西側に現在の榎より倍程もあるような大層立派な榎が枝葉を茂らせており、樹の下には石灯篭が立ち並び、木陰に休める広場もあったと記憶している。

住まいの変化

話は数年前にさかのぼる。

何年か前から此の店の仕事を多くするようになっていた。

社長はまだ若く、私より十歳くらい年上に思われた。

枚方市にあるパネル工場の一角に十数人の作業員を雇い、ブームになり始めたマンション建設の内装用木工材を加工し、大手建設会社に売り込み、同時に、大工を大勢集め、加工品と内装工事をセットで売り上げを伸ばしていた。

他の店では、木材加工工場はあったが作業員は一人か二人で賄えていた。

先行したのが、枚方のパネル工場などのパネル工法といわれるもので、主に市営住宅、府営住宅などで採用され、部屋の間取りは画一化されていて、間取りの変更は望めなかった。

人々の暮らしも豊かになり、生活は多様化し、住まいも多様化していった。

マンションの多様化に応えたのがこの社長に思える。時流に乗ったと云えばいいかもしれない。

枚方の間借りのような工場では手狭になり生駒工業団地に三千坪の工場をつくり、加工作業の能率も格段によくなった。

マンション建設ブームとなり、あちらに第一期工事千戸、こちらに第一期工事千戸と売り上げを伸ばしていった。

私は親方の下でこの社長の木造部門の仕事をしていた。

木造部門といえば聞こえがいいが、マンションは会社の仕事、木造住宅は社長のポケットマネーと分けていると聞いたことがある。

注文住宅があれば優先しておこない、ないときは、あちらに二十軒、こちらに十軒と建売住宅を建てていた。

元は大工だという社長は気さくな人で、忙しいであろうに暇をみつけては私たちの所に来て、建物の周りに散らばっている木切れを一カ所に拾い集め山積にしていく。

「会社の者には見せられへんけどな、体を動かしているのがすきなんや」。

と、いいながら拾い集め、終わると暫く世間話をして行く。

慰安旅行

毎年慰安旅行に連れて行ってもらっていた。行先は毎年変わるがその土地の一番いいホテルだとガイドさんから聞かされたことがある。

事務を担当している人から、時期によって増減はあるが、毎月百五十人程度の職人に支払いがあると聞いていたが、バスに乗っているのは五十人弱、工場の人、事務所の人数人、作業現場の人は三十人ほどだろうか、旅行に行くよりも仕事をしている方がいいと言う人も大勢いると聞いた。

気の合う何人かに聞いてみたが行かないと言う。

バスに乗り込み少し走ると、酒、缶ビール、つまみ類が次々回って来る。マイクが回ってくるとのど自慢が始まる。

何とも陽気なバス旅行である。

私は後ろの方の席に座っていた。隣の補助席に五十近いだろうかと思われる初めて見る人がいる。賑やかで陽気でいいのであるが酒がはいると徐々に人柄が変わってくる。

若い女性のバスガイドに嫌なことを言い、時々意地悪の様子がみられるのである。

何度目かの時、私が軽く靴を蹴り
「おっさんちっと黙っといたらどうや」。
と、言うと以外だったのか私の顔を見つめながら少し沈黙の後、軽く蹴り返してきた。何回か応酬ののち、お互いあほらしく成りその場は治まり、後に引きずることもなかった。

事務所移転

当時、事務所は都島本通り交差点から少し赤川によった広い通りに面したビルの一階にあり、手狭になったからと、十三に近い木川に自前のビルを建て、奥さんが何らかの店をやりたいと言うからと、道路側を店舗とし、奥を駐車場にし、二階部分を事務所にするという。片側二車線の広い道路に面し、周りに高い建物はみあたらなかった。

二階全フロアーを事務所にして使い、三階から六階の半分まで賃貸マンションとし、六階半分はまだ独身ではあるが長男の住まいとし、七階部分を家族の住まいにするという。

賃貸の部屋は別の職人が担当していた。

居宅の部分は親方と私にやれと言う。五階部分まで間もなく終わると言う頃に二人で居宅の造作にとりかかった。

下の階を見に行くと、大工仲間でも速くて綺麗な仕事をすると云われている人が二人で作業をしていた。

居宅の作業が始まり材料が次々運び込まれる。建物の周囲に巡らされている足場の一角に、建設用リフトが設けられていて、トラックを横付けし、作業階まで運んでくれる。

リフトもいろんな種類が有り、狭い敷地の時には、一メートル四方の荷台しかなく、材料は総て立てかけて運び上げる。都心部のように敷地いっぱいの建物の場合は、予めタワーを立てて置き、タワーの周辺だけ作業を残し、すべての階の作業が終わってからタワー周りの材料を各階に取り込んでおき、タワー撤去の後、各階の床のコンクリート打ちから始まる。作業者にとってはかなりロスのでる内容ではある。

敷地に余裕がある建物は、四メートルの材料が横積み出来るリフトが設置され、大きな建物の時は複数設けられる。

作業が始まり、品物を痛めないように臨木を並べ、その上に材料を積み上げる。

最初に運び込まれたものは下地材で、少々荒っぽく取り扱っても構わない。

各部屋の間仕切り壁の下地が組み終わった頃、洋間の窓に取り付ける額縁が届いた。

ほとんどが掃出し窓で、小さな窓はわずかしかない。すべて組み立ててあり、幾重にも養生、梱包されている。

丁寧に養生材を取り除くと、見付九センチで出幅十五センチにサッシのアングルピースのしゃくりがしてある。材質は黒檀で仕上げ塗装もしてある。後ろ三分の一くらいは削り取っている。社長に聞くと、飛騨の工場に作ってもらったと言う。

どれもみな取り付けるだけでよいように作られている。

此の頃から社長は秋田、青森、九州各地へ飛び回るようになり、和室の材料探しに出かけて行く。

まず、買い求めて来たのは柱、主に柱材は檜が使われるが総て杉を使うと言う。

届けられた数は必要本数の三倍ある。

色と木の目をそろえてくれという。

すべて目のよく通った柾目であるが、特に四方柾には苦労したらしい。

値段を聞けば、檜の四方無地の何倍もするという。思いいれの強さを感じざるをえない。

廊下の天井に使う杉板を削る時は鉋幅いっぱいの鉋屑が出て、きれいに削れたと思っても、頭上に持ち上げ下から明かりを照らすと鉋の筋目がよくわかる。四十六センチ幅の板がわずかに反っている、六センチの鉋のうち中三センチ程が艶がよく光って見える。

両側は艶消しにみえ、いくら刃を研いでも変わらない。板がわずかに反っているため、中程と両側にかかる圧力のせいとおもわれ、何日か置いておけば艶が消えるかと思い、壁に立てかけておいたが変わらない。

どう仕様も無いと思い、鉋屑を丸めて表面を軽くこすってみると艶の部分がなくなり均一になった。

リビングの天蓋、天上飾りは搬入時から苦労した。

物が大きすぎてリフトに乗せられない。

仕方がないから四人で階段から持ち上げようとするが、登りの部分は良いが踊り場の天井に閊えてどうにも運び上げることが出来ない。

事務所の人に手助けを頼み、足場と躯体の隙間からロープで引き上げることになり、三十メートルのロープを二本用意し、八人がかりで引き上げた。重量はさほどにないが、各階ベランダの躯体に引っかかり、階を上がるたびに外に押し出す役がいる。上で引き上げる人は四人で、どうにか取り込むことが出来た。

部屋の中に足場を作り、所定の位置に取り付けた時、社長が来て、天井を見上げ暫く何も言わない。

「カタログで見るのと実物を見るのはずいぶん違う、雲とか人の彫り物は必要ないな、もっとスカッとしたものと言うか、シンプルなほうがいい、悪いけど取り外してほしい」。

その場にいた人は顔を見合わせ大笑いになった。

取り付けるに当たり、いろんな処にビスで固定し、もとより、注文して取り寄せた物、返品できる物ではないから、誰でもほしい人がいれば持って行ってくれ言うが、部屋の中に持ち込むことさえ出来ない代物、また、ロープで降ろし、材木屋で預かることになったがその後の事は知らない。

学校とか、マンションであるとか、広い商業施設で、一定の広さ以上になると防火区画防火ドアが義務付けられている。

鉄製の枠、重たい扉で、周辺も燃えない材料でなければならない。

個人の居宅としてこのような扉を使うのは初めてだった。七階部分だけならなんとかクリアできるが、六階と内階段で繋がっているため、建築基準法で決められた面積を超えてしまい、防火区画が必要とのこと。

周りの壁も、一人で持つには苦労するような厚みのある石綿板を二重張りにした。

鉄筋コンクリートの建物の場合、夏の暑さ対策として、最上階の天井裏の部分には五センチ程度の発泡スチロール板を仮枠のうえに敷き詰めた後、鉄筋の配筋、コンクリート打ち込みの手順になる。それでも屋上のコンクリートが夏の太陽に照らされ、下の階とは違う暑さになる。

社長が考えた対策は、スラブから三十センチ下がった位置に天上地を組み、ロックボード、グラスウールの固形化した物を敷き詰め、その下にある程度の空間を設けてから室内の天井にする。暑さ対策として天上ボードを二重に貼ることは何度か行ったことがあるが、今回の仕様のようなことは初めてだ。確かに格段に良くなるであろうと思われる。

また、社長が日本中を飛び回りだした。

何を探しているのか尋ねると、

「和室の天井板ですわ、八帖二間ならいい板があるが八帖、六畳となると無いんですわ、もう少し探してみることにしますわ」。

言いながらも表情に楽しんでいる様子がうかがえる。

天井板二枚、別の所に使えばいいではないかと思ったが、出来上がってきた時、材木屋に値段を聞いてびっくり、なるほどと納得した。


和室の天井板が出来上がり、運び込まれた時、いつもと違うことに気が付いた。

二枚で一括りになっている。ヒット天上といって、石膏ボードに印刷された紙が貼られているものは二枚で一束になっているが、持ち運びに重たくなるからそうしているのはわかる。

木造のとき使う天井板は、ベニヤに印刷された紙を貼った物、少し良くなれば薄い単板を貼った物、もう少し良くなれば厚めの単板を貼った物、板の模様により、中杢、ささ杢、柾目板といろいろあり、値段も相当のちがいがある。

今、目にしているのは無垢の板であり、ささ杢といわれる最上級の板である。

八畳用、六畳用と分けて積まれているが、それぞれ一番上に置かれているものが少し広く作られている。

貼り始めと貼り終わりの板であろうと思う。

長い方向の桟は接着剤で固定されているが四十五センチ間隔の短い桟木は、手を触れると五ミリ程度前後に動く。不思議に思い、

「是はどうして」。

と、尋ねると、材木屋の番頭さんが答えてくれた。

「大工さん、無垢の杉板使うのは初めてでんな、横木を固めると木が伸び縮みした時バリバリに割れがはいり、見られんことになりますんや、廻縁に留める時も杉板に釘打ったらあきまへんで、板と同じ厚みのベニヤをそわし、もう一枚板とベニヤの上に重ね、ベニヤの方に釘を打っておくんなはれや、壁を塗った時には分かると思いますよ」。

このようにアドバイスしてくれた。

知らずに作業を進めるととんでもないことになるところであると思い、自分の無知を恥じると共に感謝しかない。

あの時の男

居宅の作業をしている時に一人の男が青い顔をして社長はいるかと尋ねてきた。

お互い、顔を見るなり指を指して
「あのときの」。といったきり、次の言葉がでてこない。顔は知っているが互いに名前は知らない。

観光バスの中でガイドの女の人に意地悪を言い、蹴り合いをした男である。

話をしている内に心がほぐれて来たのか、いろんなことを話してくれた。元来、陽気な性格のようである。立ち直りも早い。

まだ携帯電話が普及していない時のこと、簡単には離れている人に連絡できない。

どこでどう連絡があったのか、社長がやって来て、男が相談に来た内容も把握していた
彼は南港の現場で三百戸ほどのマンションを担当していて、職人も十五～六人常時いる。

世話役として立ち働いているが、職人には少しきつい所が有るそうで、職人うけは今一つだそうである。

彼が担当している現場でどのようなトラブルがあったのかあらかたは男から聞いていたが、社長から

もう一度聞かされ、とりあえず、此処はそのままにしておいて、親方と二人、南港に応援に行き、現場を収めてくることになり行ってみると、聞かされていた内容より被害は大きい。

クロスを貼る前のボードに彼とゼネコンの監督の名前が書かれ、バカヤロウと書かれ、和室の廻縁、白木の柱、押入れ框等に防腐剤が塗られている。こんな部屋が二十数部屋あり、直すのに困難な所ばかり塗られている。

社長があとからやって来て、

「仕事に詳しい奴の仕業でんな、どうにもならん所ばかり狙っている、犯人を特定することはむずかしいやろな」。

被害に遭った部屋を一回りしてきて、

「壊すのは土工さんを入れてもええんやけど、むちゃくちゃされてもかなわんし、悪いけど二人で全部収めてもらえまへんやろか」。

社長がこの現場で作業している職人にこういった作業をさせたくないのも解るのである。マンションの仕事をしている大工は全員とは言わないが、部屋の広さに応じて一部屋いくらと、決められて仕事をしている。

部屋のタイプ別の手間賃、単価表もあり、自分のミス等、責任範囲のことは手直しに応じるが、図面のミス、世話役の指示のミス等は別途請求になる。図面と異なる指示を出す時は、紙に書いたものを用意する。口約束だけでは往々にして、言った、言わない、話した、聞いてはいないと水掛け論の元になる。

また、自分のやった仕事の手直しを喜んでやる者などいない、嫌なものである。

木造家屋でも新築の場合は一坪いくら、と手間単価を決めてから仕事にかかる。

この場合大阪圏内でも地域により大変な違いがある。

子供の頃からの知り合いで、設計事務所から独立し、自分で店を出し、手広く仕事をしている男に誘われ、一戸だけと約束し、仕事をした時、半分にみたない安い単価に驚いたことがある。

これまで、よほど恵まれた処で仕事をしていたのだと思いを新たにした。

安いからと言っても仕事の内容はそう変わるものではない。やれば出来るものである。

収入が激減することもなく、今、現在も仕事も、私生活も、交流は続いている。

社長の居宅での仕事は常用日当、一日いくらで働いている。何処で仕事をしても同じようなもので、一部屋終わらせた職人と利害関係も発生しない。この様に考えれば私達が適任とおもわれる。

この件をきっかけに、バスの中で蹴り合いをした男と急速に親しくなる。

南港の近くのマンションでの仕事は、使える処はできるだけ残し、使えない処だけ取り外し、また、めくり取って行く。

白木の柱、廻縁等は、単板貼りの為すべて取りはずし、汚された天井板、壁のボード等はめくり、下地材は綺麗にしてそのまま残す。

押入れの前框等は無垢材で出来ている為、そのまま鉋がけしておく。削った時は綺麗に見えるが二、三日すると防腐剤がしみだしてくる。その様なものは取り替えなければしかたがない。その繰り返しだけで半月過ぎた。

元の状態に戻すのに一カ月半かかった。

社長の話によると、犯人の特定はできなかった。手直しにかかった費用はゼネコンと社長で折半ということになったと説明された。

職人達の間では、犯人の特定はできなかったのではなく、あえて、しなかったのだろうとの声が聞かれた。

南港での作業が終わり居宅の作業に戻ってきた。

未だ和室の仕事が残っている。

八畳間には、南向きに仏間と床の間が造られた。仏間は床を十五センチ程高くし、軸回しとした。床の間は、三副釣りを用意し、床の地板は四十五ミリの松板を二枚使い、三十六センチの所で、貝の口収まりとした。よく見られる床の間の造りである。見た目、スッキリというかあっさりとしている。


仏間を六畳間に移し、二間床にし、半分を地袋、天袋付き、違い棚にすればりっぱな床の間が出来るのにと思ったが、一番いい部屋に仏壇を置きたかったのだろうか、古い形の二間床は重たく感じたのだろうか、私だけの思いである。


寒さが厳しく成った頃、左官が和室の壁の中塗りに来た。壁土が早く乾くように、空気の流れが良くなるように、二か所窓を少し開けて帰る。

翌朝、行ってみると天井板があきらかに下に膨れているのが見て取れる。

このような時に釘を打ったり、糊で固めるとひび割れが出来、見るにみられぬ事になってしまうのかと納得し、改めて感謝した。

世話役

世話役、かっては棒芯ともいった。

最近では職長が一般的に思われる。

建設現場では労働災害事故が多く、少しでも労動災害件数を少なくしようとの取り組みが始まった。

職長制度もその一つである。

一つの現場に各職の職長講習を受けた者が一人いなければいけないことになり、制度が始まった頃は、二日間の講習を受ければ何処に移動しても有効とされていて、証明書も配付されていたが、ゼネコン各社が安全教育の実績作りの為なのか、会社が変わるたび同じ人が何度も駆り出されることになる。

職人もいろんな資格、講習が必要とされるようになる。玉掛け、高所作業、木材加工主任者、職長になる人は一人で数種類の資格、講習が必要になる。

現場で大工職なら、大工全員を集めて丸鋸を使ったことが無い監督さんが丸鋸の取り扱い、使い方の講義講習が行われるような珍現象もできてくる。

世話役も各個人により特色がでる。

社長には兄弟子だった人と、弟弟子だった人がいて、共に島根県出身で社長の下で世話役として働いている。

仕事の内容としては、現場での木材加工、各部屋への材料配置の指示、職人の部屋割り当て指示等多忙を極める。


弟弟子の人はとにかく几帳面で真面目を絵に描いたような人に思える。

当時、マンション工事をしていると、電気職、設備職と同時進行になる。

設備職とは特別な場合を除きさして問題は無いが電気職は少し事情が変わる。

コンセント、スイッチ等、壁に仕込むたぐいのものは同時進行出来るように調整するが、天井板を張る時は、下地を入れたり線を出したり、足場上の作業になり、待ったなしで行われる。大勢の大工を相手に一部屋に一日何度も顔出しをしなければならなくなる。

とてもでない、手が回らない。そこで、下地入れ一カ所いくら、線だし一カ所いくらと頼むことになる。そういった金額が会社の決めた単価とは別に一部屋数千円になる。何か月か後になるが入金があり次第、各職人に支払われる。

忘れてしまっている者もあり、数多くの部屋を仕上げた者は思わぬ収入となる。

職人が部屋の仕事に取り掛かる前に材料を運び込んでいるが、化粧材は変わらないが見えない部分の下地材は人により、残る人があったり、足りなくなったりする。

足らない人が三本足りないと言って行けば

「あんたは三本かしれないけど一本三百円、三本で九百円、二百戸で十八万円、気いつけて使うてや」。

大体が足りないと言う人が材料を粗末にしているが、言われた方は面白くない。

寒い時には小さな私の車の中で将棋を指したりする気さくな人で、几帳面さから出る言葉と思えば良いのだが自分を責める人は少ない。したがって職人受けは良いとはいえなくなる。

また、世話役の仕事として図面どおりに出来ているか、各戸商品が均一に出来ているかチェックして回らなければならない。

長くいる職人は仕事の程度が解っているが新しい顔ぶれの時は特に気を使う。

バスの中で蹴り合いをした人はこのへんは実におおらか、細かいことは言わない。

電気の線出しの事も言わない。

職人に陰で、儂らの線だしの金で車を買い替えたなどと言われたりしているが面と向かって云う人もいないらしい。

天井の線だしもいつの頃からか、スラブからボルトで電気ボックスを取り付けるようになり、この様な問題もなくなった。

兄弟子にあたる人は仲間内では副社長と目されていて、社長の長男の教育係を務めた人でもある。大学を出て三年間、事務所に入るより現場に出て実地を学べと預けられ、暗いうちから雑用をこなし、職人の中に溶け込んでいって社長の息子と言う事を抜きにしても彼の事を悪く言う人は知らない。

副社長と目される兄弟子にあたる人は豪快な人で、細かい事は言わない。

各職の職長とか番頭にあたる人が挨拶がてら酒を差し入れたり、ビール券をもってきたりする。ビール券は職人に配ってしまう。

昼休みには自分の作業場、下小屋で高鼾である。工事もほぼ終わり、下小屋になっていた部屋の床板をめくり、職人に明け渡すときは、床下から一升瓶がゴロゴロ出て来る。

何時もの事と誰も何も言わない。

多少言葉使いは悪いと思うのだが皆、はいはいと言う事を聞き、職人受けも良い。

いつの頃からかこういう人も姿を消し、現場で昼休みに酒を飲み、臭いをさせようものならゼネコンから会社ごと、即、出入り禁止にされてしまう時代になってしまった。

何事にもおおらかな時代であったと思う。

世話役といっても自分の職人を数人から十人、二十人と連れていて、建物一棟とか、大きな建物の時はフロアー単位で親方が受けて自分も同じ作業をしながら、職人の振り分け、作業内容の説明、指示、出来上がりのチェックをしていく。給料は一括して取り下げ職人に配分していく。この様な形態も多くみられる。

社長は時々私の小さな車に乗り込んできてあちらの現場に行こう、どこそこの現場に行こうと、連れ出された。

一日は一日と思い車を走らせる。

車中、いろんな話を聞かせてくれる。

「こんな仕事も儲かるのは三年でっせ、儲かるとなれば大きな資本が同じようなことをやり始め、後は値段のたたき合い、そうなると大きな資本にはかないまへんわな、ぼつぼつ逃げる準備、規模縮小も、考えないかん時機かもしれまへんな」。

こういう話をされても困るのである。

「私にはさっぱり解りまへん」。

とだけ答えると、違う話が始まる。

「これまでに何カ所か建売やったけど、あの土地はえろう安う買うたんやで、世の中には土地持っとるけど売らへん、さしあたって銭もいらへんとか、売りたいけど入りくんだ所で売るに売れへんとか、いろんな人がおるんですわ」。

「そんな人をよう探しだす事ができますね」。

「それは不動産屋の仕事や、店で座っとって儲け話が転がり込んでくるようなことはありまへんわな、足で歩いて空き地をみつけ、持ち主は誰か、どんな生活しているのか、いろんな事を聞きこんで来るんですわ」。

「不動産屋言うたら口先だけで商売できる楽な仕事やと思うとったけど、私らの目に見えん処で苦労しとんのでんな」。

「目に見えん話やったらな、何年か前に千戸余りのマンションの時に面白い話がありまっせ、始まる前と、終わり頃のことですわ」。と話してくれた。


終わり頃の話である。

その現場は大手ゼネコンが受注し造作は社長の処で行うことになった。

最上階の一区画を現場担当の所長が購入した。

世話役には、当該建物の販売、営業から、クレームの多そうな人、要注意人物、重要人物などを建物の票に記しを付けて渡されることがある。

営業と世話役が話すことはあまりないが、此のときは、口頭で購入した人は所長だと説明された。

一つの建物の中、同じような部屋でも職人により、多少出来映えに良し悪しがでる。

几帳面な人、荒っぽい人、生真面目な人、いい加減な人、みな仕事に現れる。

仲間内でもそれぞれその様にみなされる。

職人に購入者のことは伝えないで部屋の振り分けをしていく。これも世話役の大事な仕事の一部である。

此のときは社長の弟弟子が担当していた。

普通一部屋は一人の大工が受け持つが、部屋が広いからと二人で受け持ってもらうことにし、兄弟でこの現場に来ている人に頼んだ。

兄の方は几帳面で、仕事も早く綺麗な仕事と言われている。

大工は部屋に入るとすぐに墨出しをし、一日でも早く終わらせようとするが、兄は違うらしい。図面を受け取った日は一日図面とにらめっこ。時々部屋をうろついてはまた座り込む。それでいて、他人より早く仕上げるといわれている。

弟は酒が好きで、私生活で時々トラブルをおこす。兄は、弟と兄弟と思われたくないと違う性を名乗っている。この様な二人をどんな言葉で納得してもらったのかと噂されたらしい。

購入者は所長だと告げて受け持ってもらった。毎週所長会議があると、週一日は来ない。それでも五日は現場につめて来ている。

兄は所長であっても仕事中は部屋に入らせないと、玄関をベニヤで塞いで作業を続けた。

当然、所長は面白くない。終わったら徹底的に調べてやると、監督二人を連れて、下げ振り、メジャーでくまなく調べた。

クレームつける処を見つけられなかったらしい。

表に出ない人の話

始まる前の話は眉唾物と思い、話半分として聞いていた。

受注に関し取り仕切る人が居たというのである。

ゼネコン指定の折、帳簿に載ることのない金、一億数千万円を持ち帰った人がいる。

奥さんに千七百万円の指輪をプレゼントしたとも聞く。五十年近く前の話である。一体幾等くらいの価値になるか想像もできない。

眉唾物と思っていたがおいおい本当だったのではと気付かされることになる。

数年後、道頓堀で新築のビジネスホテルの仕事をしている時、工事の音がうるさいと、数人のチンピラ風の男たちであるとか、飲み屋の女将と思われる人がハンドマイクでがなり立てる。あんたらの方が騒音だと思うが言い返すことも手出しもできないでいた。

少し前に当局から一週間の作業停止処分を受け、仕事が止まったことが有り、現場の作業員全員、ピリピリした気持ちで作業を行っていた。再度処分を受けるとオープンの日程も組まれており、工期に間に合わなくなり、施主に対して迷惑をかけ、元受けとして大変な損失を被り、所長個人も会社から不名誉な烙印をおされることになる。

何一ついいことは無い。

所長から下請である社長に何か良い方法は無いだろうかと持ちかけられた。

社長は暫し沈黙の後、指を二本出し
「是だけ用意できますか」。と言うと、所長は
「用意します」。とだけ答える場面を目にした。

程無く、ハンドマイクでがなり立てていた人達を目にする事はなくなった。

二年ほど後だろうか、板塀で囲まれた一戸建ての改造工事に行ったときに、話し方も温厚そうな主人で、私たちは、おっちゃん、おっちゃんと呼んでいた。

社長も横でニコニコしながら聞いている。

ある日、玄関前にキャデラックが停まり、みるからにそちらの筋の人と思われる人が降りて来て呼び鈴を鳴らすと、六十がらみのお手伝いさんが、

「玄関前に停めるんじゃない、あんた等裏」。と、一喝した。どういう事と、私たちは顔をみあわせるしかなかった。

おっちゃんは、社長のいる時に右翼の大物と言われる人を指して

「あの男はもうあかんで、どれくらい持つかわからんで」。私も新聞に見開きのページで写真入りの意見広告が出され、どれほどの費用を要したのだろうと思ったことを覚えている。

十日ほど後に新聞の片隅に小さく訃報記事がのっていて、情報力に驚いた。

お手伝いさんから、二階の此の部屋には入らないでくださいと言われていた部屋に、おっちゃん、社長、三人で入った時、数枚の写真が飾られている。

写真の人達と友達付き合いのように思えた。

その当時の総理大臣と談笑しているような写真も、件の右翼の大物もみえる。

これからは気軽に「おっちゃん」。と呼べなくなる気がした。

そののちこの人物の話は何カ所かで表に出ることなく耳にすることになる。

私が大工の弟子入りをした時、最初から可愛がってもらっていた社長がいた。

当時、社長の仕事は殆ど私一人でこなしていた。

有る時、豊中の永楽荘にミナミで料亭を営んでいた夫婦の家の改造の依頼を受け、窓に向いていた流し台を対面カウンターにし、壁に取り付けられていた換気扇を天上埋め込み型レンジフードとし、床下の排水管、天井、床板、壁の張り替え、カウンターの取り付け、タイル貼り、流し台の据え付けと作業が進み、壁のクロスの張り替えを残すのみとなった時奥さんから作業の変更が言いだされた。

流し台より十五センチ高くしてあるカウンターに高さ四十センチのガラスを取り付けてほしいと言う。油を使う料理の時に油が飛び散るのを防ぎたいというのである。

私は作業をしながら聞くともなしに聞いていて、どうすれば取り付けられるか考えていた。幸いにして天板は木製である。

天板に溝を掘りガラスの片一方を壁に埋め込む形にすれば大丈夫だろうと考えていた。

奥さんの考えでは、カウンターの向こうにテーブルを置き直接料理を置きたい、ガラス越しでは届かないし、いちいち持って回るのも嫌だし、少しでも動線を少なくしたい。

このあたりまでは総て納得できる案である。

壁から四十センチ離し長さ一メートル程度で独立して取り付けてほしいという。

カウンターの幅は十五センチ、ガラス単独では立たない。コの字型かせめてL字型に溝を掘って埋め込むにしても、片一方は丸くしていて手前側にも少し残しておきたい、控え壁の役のガラスは十二センチしかとれない。

厚めのアクリル板とかガラスの固定にシールを使用するなどはずっと後の時代である。

下の面をカウンターに埋め込み、高さを四十センチではなく天井に埋め込むか、ガラスの両側をコの字型のアルミを天上まで届かせ固定させてほしいとの案をだしたが納得してもらえない。

どうしても無理ですと社長が答えると夫人の機嫌を損ねたらしく、話の内容が変わった。私は作業を中断し、話されていることを聞いていると幾つかのエピソードに聞き覚えがある。

暗に社長に脅しをかけているのではと思った私は横から口をはさむのを覚悟で、その人は、「おっちやん」の名を告げ、住んでいる場所、息子さんの仕事の内容、息子さんとは何回か逢ったことがあり、面識もありますよと言うと夫人は話題を変え、翌日、現状のまま作業を続けることを了解していただいた。

表に出ない人の話二　鉱力屋

一軒の家を完成させるには多くの職種の人が必要になる。そのうちの一つに鉱力屋がある。主に雨樋を付けたり、最近は見かけなくなったが瓦棒といい、屋根全体を鉱力で仕上げる家もめずらしくなかった。最近でもかって茅葺屋根であったであろうと思われる屋根全体を鉱力で仕上げている家を見かける。

私は徳島県の貞光という所で生まれ育ち、

二駅西に江口という駅がある。

同郷ということもあり、鉱力屋を生業にするこの人とはすぐに親しくなった。

親子四人で家業を営んでいる。

親爺さんはかなりの年で細かい細工物を得意とし、長男が親方、弟二人が作業員と言うあんばいである。

鉱力屋さんが受けた仕事で大工仕事を度々手伝いにいった。

そのうち幾つかの件で私なら仕事を引き受けられないと思うものがあった。

所謂、強面すじからの仕事依頼である。

作業が終わり代金請求になると無理難題をもちだされ、請求書どおりに支払われないとの先入観がある。

不思議に思い聞いてみた。

「こういった処の仕事をしてどのように請求して、代金取り下げに支障はないのか、代金取り下げにとどこおりはないのか」。と聞くと、

「請求書どおり全額受け取っている、一円も値切られたことはない、まあ儂も不当に高くしたり安くしたり小細工はせえへんけどな」。

「普通、こういった人達の仕事は何かと理由をつけて断るか、よく言えば辞退するのがいいと思うがどのように取り下げいるのかコツを教えてほしい」。と言うと

「最初二、三件の時は支払いになると難しい話を持ちだされたこともある、その時は此の請求書は誰に見せていただいてもかまいません、極々当たり前の値段しか書いていません。それでも何かといろいろ言われたら黙って二、三枚写真を机の上に並べると請求どおり支払ってくれるよ」。と涼しい顔でいう。

「そんな魔法のような写真があるのかいな、一度見せてもらえんかいな」。と言うと車から取り出して見せてくれた。

私は「うーーん」言ったきりなかなか次の言葉が出なかった。

写っていたのは当の鉱力屋と関西の大親分といわれる人が丹前を着てソファで寛いでいる。

また別の写真では別々の椅子で並んで写っている、浴衣の柄の違いから二度はこの様な機会があったであろうことがうかがわれる。

「ちょっと待ってえな、何でこのような人と知り合いなん、えらい親しそうやしどうやって知りおうたん」。そういうこともなげに
「子供の頃からの知り合いやで、山でチャンバラしとった間柄やで」。

それからの鉱力屋の話が興味ぶかい、要約すると次のようになる。

ああいった世界に生きる人は大変人情ぶかい、仲間をとにかく大事にする、仲間でもなんでもない儂でも大事にしてくれる。時には怖い面をみせることもあるかもしれんけど怖い面を見る人は基本悪い事をした人たちや、言わば街の掃除屋さんや、悪いことをしたから噛みつかれるのや、まっとうに生きていて後ろ暗い思いのない人には何の害もない、そんなことするのは中途半端なチンピラのたぐいや、そんなもんにまで睨みを利かしている。

人間世界で生きる人に不必要な人などない、必要やから存在してるのや。概ねこのような内容だったと記憶している。

鉱力屋を生業にしているが大きな器量の持ち主ではないかと感心したのを憶えている。

生駒山で

現在私は徳島県に住んでいるが以前は大阪に住んでいた、令和三年の年末に引っ越してきた。少しばかりの田畑もついている。

自分達の食べる物は自分で作る。

そう言うと仕事仲間からは笑われた。

自分で作るより買って食べるのが安くつく、何より買うのが楽である等いろんな意見を聞かされた。

妻にも反対された。

今住んでいる此処はいいよ、病院、学校、市場、役場、みんな徒歩圏、引っ越すと何処へ行くにも車がなくては成り立たない、何より自分の食べるものは自分で作ると言っても何一つ作った経験等ないではないのという。

この言葉はまさしく正論である。

二人とも百姓の家で生まれているが何かを育てたと言う経験はない。

全部親達が育てるのを見ていただけである。せいぜい夏休みの宿題で朝顔を植え、観察日記をつけた程度の記憶しかない。

かっては四十の手習いと言う言葉があった。私達夫婦は共に七十を超している。

七十の手習いなど聞いたことがない。

かくして私達夫婦の無謀な生活が始まった。


大阪で住んでいた頃は日曜日になるとよく生駒山にいった。

大阪側から信貴生駒スカイラインに入り、二キロ程走ると左側に山麓公園があり右側に遊歩道、灯篭ゲート、スカイライン料金所の五〇〇メートル程度手前である。

誰言うともなく九時頃に灯篭ゲートに集まる。多い時で十二、三人少ない時は五、六人此処で度々顔を合わせ自然と顔なじみになったグループである。

仕事をリタイアした人がほとんどで現役で働いている人は私を含め四人、一人で歩くより大勢で他愛もない話をしながら歩くのが楽しいのである。

季節により、顔ぶれにより、歩く距離が変わる。

宝山寺から山頂に登るケーブルに梅屋敷と言う駅がある。名のように梅の開花の頃は一面に梅が咲く。

その一角に滝の行場があり、私たちが訪れた時、年配の婦人が滝に打たれていると言い、世話をしているのであろう若い女性が二人、入口の所で着替えの用意をして待っている。

大勢で歩いているといろんな所に案内してもらえる。

桜並木あり、一キロ余りの紫陽花園あり、少し足を延ばせば躑躅園、つつじと呼ばれているが皐月が正しいのではないかと思われる。人の背丈より大きい木が道路の両側に密生し色とりどり花を咲かせる。

見晴らしの良い所では弁当持参の家族連れとか、いろんなグループで賑わう。

季節により、イタドリ、二センチぐらいの甘い野苺、アケビ、鳥が種を運んだのであろうかキウイまである。

集まった顔ぶれで歩く距離も変わる。

出発はいつも灯篭ゲートである。

誰かが大回りしようかと言えば九合目あたりをぐるりと一周する。

中回りにしようと誰かが言えば暗がり峠から平群方面に少し下り宝山寺を経て灯篭ゲートに帰る。

人数の多い時はあちらこちらで腰を下ろし話がはずんで片道七キロ程度から帰ってくる。

大勢で歩くのも良いけれど時には一人で物思いに耽りながらあまり人が歩かない道を選びさまようような時もある。

灯篭ゲートに入ると舗装された管理道、有料道路に沿って登る道、やや下り気味で竜の口と呼ばれる方面に向かう道、ゲートを越えすぐ降る道、暫く降ると分岐点があり歩いたことのない道を進むと突然開けた場所に出る。

大きな記念碑が建っている。

記念碑を一周してみる。

神武天皇の碑と記されている。

断片的にしか覚えていない一冊の本を思いだしながら暫し物思いにふける。

大仏様の身の丈は丈六仏と言う説がある。

一丈六尺、ざっと四メートル五十センチ、神武天皇の碑の台座を除いても其れくらいありそうである。その本には神武天皇の身長、身体の特徴が書かれてあり、あと、頭に残っているのは著者がある人を訪ねて行ったところ門前払いのようになり、仕方なく帰ろうとしたが、ご自宅の立派な神殿が目に入り、せめて旧事本紀の祝詞だけでもと、祝詞を奏上し終わると当の主人が現れ、あといろんなことを託されるようになった。

この程度のことしか頭に残っていなかった。

徳島県―脇町で

本の名は「先代旧事本紀大成経」。後藤隆氏が書かれた本である。
徳島に引っ越しもう一度読み返してみた。
身体の特徴について書かれた部分だけ引用させていただくと次のようになる。

かんすめらぎのもとつふみ「第十七巻―第二十二巻」
この本紀は、神武天皇から十五代神功天皇の御代までのことが記されている。
これらの巻で興味深いのは、何と言っても、天皇の御姿に関する表記だろう。

身の丈一丈五寸、身の太さは一囲五寸、頭に両の角を有生し、三寸、目は猶雪のごとく、そびらに素の龍尾有り、長さ六あたま四寸、尾の背に大鱗有り、数は七十有二齢は百十有五歳にして立て皇太子と為り玉う。

神武天皇は、初代の天皇であるが、この文を見る限り、とても人間の姿をしていたとは言いがたい。巨大な体に二本の角、そしてセビレや大鱗があるというのだから、まるで「恐竜」だ。

しかもこうした、人にあらざる姿の表記は、神武天皇だけに留まらない。続く綏靖天皇、考霊天皇、崇神天皇、神功皇后までも続く、神功皇后は、容貌が美しかったと言いながらも、「目には二つの瞳があり、乳房には九つの穴があり、力は建物の柱を揺るがす」ほど強かったというのだから、現実の感覚とはほど遠い。

現在でも天皇のお体のことを「龍体」と表現されるときがあるが、古代では本当に「龍体」であったのかもしれない。

「先代旧事本紀大成経」には、古代天皇のお姿についてこのように書かれている。

神武天皇だけでなく、しばらく続いていたというのである。

神武天皇以後をカムヤマト朝といい、それ以前にウガヤフキアエズ朝があり、ウガヤフキアエズ朝と神武天皇との時代に一時断絶があったのではと思われる。

ひふみ神示の中で「カムヤマトイワレヒコ殿は泥の海となりた中で大変な御苦労なされたのであるぞ」という言葉があり、地球規模の異変があったのではと考えられる。

私の持っている「先代旧事本紀大成経」は単なる入門書だそうである。「先代旧事本紀」と言う名で呼ばれる書物には大きく分けて「一〇巻本」、「三十一巻本」、「七十二巻本」の三種類が存在しているという。解りやすく書かれた入門書でも大変手強い、失礼ながら「旧事本紀」を大雑把にいうと古代の万能理論「天隠山理論」――あまのかぐやま理論で貫かれていて、七十二巻本の第一巻「神代本紀」と第二巻「先代本紀」に理論は集約され、他の七十巻は、さまざまな記述を通して、この二つの巻に記された「太古の理論」を開説すると言う構造になっていると説明されている。

此処まで書いて来てもう一度読み返し、重要と思われる箇所に付箋を貼ると付箋だらけになりこれでは全部丸写し状態になる。どこかに本全体を簡潔に記された箇所があったと思い何回も読み返すも見つからない。勘違いであったかと、諦めると表紙カバーの内側に見つけることが出来た。

次の様に書かれている。

ここに書かれているのは、易経やもろもろの占いの許であり、あらゆる宗教と学問の基であり、生命の発生、小宇宙としての人間は言うに及ばず、宇宙と宇宙を包含する森羅万象の発生の理論であった。その淵源は遥か遠くヒッタイト文明にまでさかのぼり、さらには地球の時空さえ飛び越えて、異宇宙の文明にまで辿り着かざるをえない。

この様な内容のものを私ごときが説明など出来ない、したがって私の関心のある箇所だけ引用させていただく。

興味のある方は是非、徳間書店から出版されている、後藤隆氏の書かれた「先代旧事本紀大成経」を一読いただきたい。

「旧事本紀」を貫く古代の万能理論

「天隠山理論」とは　として

「旧事本紀」を貫くのは「天隠山理論」と名づけられたものである。これは森羅万象の発生の理論と言い換えてもいい。

この理論は、あらゆるものに当てはまる。

「発生」の理論というと、生命体のことだけを考えるかもしれないが、天隠山理論はあらゆる限定条件を持たない。人間や動植物はもちろん、宇宙の天体、いや宇宙そのものの発生の理論でもある。文字通り森羅万象に当てはまるものだからこそ、それを説明するのに七十二巻もの膨大な量が必要だったのだ。その理論を医学から見た場合、天文学から見た場合、哲学的なものから見た場合、というように、さまざまな視点から見ることによって、あらゆる謎がわかるように書かれている。

これまで「物語」だと思われていた神話も、天隠山理論を解説するために必要不可欠な視点の一つとして書かれている。

「先代旧事本紀」七十二巻に無駄な部分は何一つとしてない。と、このように書かれている。

世界中の古代遺跡は一つの理論に基づいている。「天隠山理論」である。

日本の前方後円墳。

カンボジアのアンコールワット遺跡。

エジプトのピラミッド。

ロシアのキジ島に立つ木造教会。

イギリスのストーンヘンジ。

中国の天壇と地壇。

これらの建造物は、一見するとまるで違ったものに見えるが、「旧事本紀」を解読し、天隠山理論を理解した者が見ると、それらが有る一つのものを表現していることがわかる。

表現方法が違うだけで、これらの建造物はすべて、ある一つのものを現わしている。

それは何か。

答えは「宇宙の構造」である。

写真入りで説明が続くのであるがここでは割愛させていただく。

「旧事本紀」の叡智はかって世界中に存在していた。

完全な形で残ったのは日本だけだった。

どのようにして残されたかといえば、聖徳太子の「意思」と推古天皇の「努力」があったからこそ、「旧事本紀」というかたちで超古代の叡智が日本に残された。

大臣である蘇我馬子に命じて内録と吾道「うちつふみとあじ」とは天皇家に伝えられていたと思われる。物部、忌部、卜部、出雲、三輪という六家に伝わっている記録を集めさせたというのだ。

大君蘇我馬子宿禰に命せ、無録及び、吾道、物部、忌部、卜部、出雲、三輪の六家の神の先人の録所書記をあつめしたまう。

六家から家伝の秘録を集めてはみたが、どうも肝心な部分が見あたらない。

そこで聖徳太子は「隠録あらんか」、つまり「まだ他に隠し文があるはずだ」とさらに探させている。

すると忌部と卜部が、「私たちは一行たりとも隠してはいませんが、祖神から伝わる「ハニハコ」を神武天皇の御代にご神体として祠に祀ったものがある」と申し出る。

ハニハコとは土で形造られた箱という意味だがこの場合は焼き物の容器という意味だと思える。

ではそれを、ということで、忌部と卜部の証言に基づき、小野妹子を平岡宮へ、秦河勝を泡輪宮へそれぞれ派遣し、神の許しを得てハニハコを持ち帰らせる。

小野妹子と秦河勝は、無事ハニハコを持ち帰るが、このハニハコ、どうしたわけか蓋が開かない。

群臣がよってたかって開けようとするのだがどうしても開けることができない。それが不思議なことに聖徳太子が手を伸ばすと、箱はそれだけで自然に開いたという。

皇太子、自ら手を伸ばし、蓋を攀じって之をもたげたまうにハニハコは自ずから開き、なかより土簡「ハニフダ」を得たまえり。おなじもの五十箇現れ、神世の事の跡、ことごとく茲に也分明せり。

その中には五十枚の「土簡」が収まっていたという。

天皇家、六家そして平岡、泡輪の両宮とバラバラになっていた超古代の叡智が聖徳太子の手許に揃い、編集事業が始まる。

何人もの有識者を集め、国家的プロジェクトとしておこなわれた。

その際、聖徳太子はスタッフを集め次のような言葉で注意を促している。

自分にとって都合のよいことも悪いことも、他人のよいことも悪いこともすべて太古の記録のままに、内容を違えることなく記すようにと言って居る。

当時、聖徳太子が手に入れた古文献は、漢字でも万葉仮名でもなく、神世文字で記されていた。これこそが、本来の意味での「大和言葉」なのだろう。

「旧事本紀」について書けばきりがないのでこのへんできりあげたいがもう一つだけお許しいただきたい。

私は平成七年に「真光正法之會」を退会しているが本年、令和四年五月、初級真光研修会を再受講し「真光正法之會」に復帰をゆるされた。

「旧事本紀」と真光で習ったことで同じようなことが多々あり、一つだけ記す。

文字の元は霊の本津つ国日本ということ。

此処では宇宙のかたちについて話したい。

「真光」の研修会で、大宇宙は人体の形に似ているといい、人体は小宇宙と習っている。「旧事本紀大成経」の中ではいろんな箇所にちりばめられているが、「天隠山理論」で人体を言い表している部分があるので引用させていただく。

中心軸になっている背骨は天隠山、お腹の部分は地水湛山。二十八ある手の指の骨は二十八宿、三十六ある足の骨は三十六禽とすべての数が宇宙の構造に則っていることがわかる。

天隠山である背骨の上にある頭は「天」、首を支える七つの骨は七世七代の神々、十二本の背骨は十二支、腰骨五本と骨盤のところの骨五本を合わせて十干。このように人体の構造も、きちんと天隠山理論に即しているのだ。

「旧事本紀」で人間は体そのものが天地だと教えているのは、このことを言っているのだ。人間の体も天の摂理に即して造られているということだ。

真光研修会で茲まで詳しく習わなかったが見事に一致しているのではなかろうか。

「ハニハコ」の件では、ジェームス、チャチワードが「失われたムー大陸」の中で、インド中部のヒンズー教の古い僧院で院主の高僧から秘蔵の粘土板を見せてもらったことが書かれている。

「ハニハコ」のハニフダと粘土板を比較のしようも無いが粘土板と言うことでは一致していると思う。チャーチワードは、高僧から粘土板は海に沈んだムアー大陸の記録であろうと教えられ、一万二千年前との文字が見える。

「ハニハコ」は神武天皇の御代からと記されているので三千年に満たないと言われるかも知れないが、神武天皇の御代より以前からの物である可能性も否定できないのではないだろうか。

私は日本が世界で一番古い国ではなかろうかと思っている。

この件はもう少し後で触れることにする。

財と罪

私が生まれ育った所は平成の合併以前は美馬郡貞光町白村という所である。

三十六軒の小さな集落である。

集落のことは何でも知っていると思っていた。子供の頃遊び場所であった白村堂の入口ともいうべき所に、最近になって白浦小学校跡、と刻まれた御影石で作られた小さく表示された石が建てられている。子供の頃には無かったものである。高さ七十センチ正面十九センチ奥行十五センチの小さなものである。右面に昭和六十三年と彫られ、左面に皆瀬小学校百周年協賛会と彫られている。皆瀬も白村も元は端山村である。

此処は白村、白浦ではないといぶかしく思いながら何度見ても他に文字は無い。

子供の頃を思い出してみると同じ在所で同級生に小柄でおとなしい男の子がいた。同じ在所とはいえ家はかなり離れている。通学路も離れている。親しく話をした記憶も無い。

知らないことがあると調べてみたくなる。

私が育った家の住所地は、貞光町端山字宮内となっていた。白村という住所はでてこない。貞光町と端山村が合併するまでは白村の子供たちは皆瀬小学校に通っていたそうである。貞光小学校は眼下に見えている。遠いと言っても見える範囲である。

皆瀬小学校は尾根を越えて距離にして四倍はあると思われる。

子供たちを不憫に思った資産家がいた。林業で財を成した白浦家である。

所有地に私財で小学校を建て、遠くまで通わなくても済むようにした。

白浦家がしたことは是だけではなかった。隣接した地に御堂を建て子供たちの遊び場所として提供した。

総欅造りで立派な彫り物も見られ周囲に縁側がついている。私が子供の頃は恰好の遊び場であり、陽が暮れるまで子供たちの声が絶える事はなかった。

大人達にも大切な場所であった。

春の灌仏会だったのだろうか、当番にあたった家の人が、ホカイ、と言われる容器に赤飯を詰め込んで通る人毎「おせったいです」。と赤飯をふるまう。

酒の飲める人には酒もすすめる。

年末には子供たちを集め、オイノコ菓子を配り大人たちは酒宴が始まる。

近隣住民の憩いの場となっていた。

端山村字宮内と書いたが、白村に向かって登り始めの場所に「宮内神社」がある。貞光町宮内と端山村宮内が引っ付いている。

宮内神社の拝殿は一部手直しされたか、新しく見える。裏に回り神殿部分を見ると背丈ほど石積みの上に見事な神殿が見える。最近手を加えたのか色が鮮やかである。

宮大工ではないが元大工の私が見ても見事である。とにかく手が込んでいる。

古い話を知る人によれば、拝殿は氏子が負担し、神殿部分は「白浦家」が負担したというのだ。一体どれだけの費用を負担したというのだろうか、想像もできない。

現在白村に「白浦家」はない。

山の中腹にあった家を平地に移したということではない。県内には住んでいるらしいとは聞くが何人かに聞いても、明確には知らないという。在所にはまだ、田畑や山林が多数あると聞く。総てを残し他所に移り住む。

いきさつを私は知らない。

余程のことがあったのだろうかぐらいにしか想像すらできない。

財と罪は隣り合わせともいう。誰に聞いても「白浦家」を悪く言う人に出会ったことは無い。

石堂神社

記憶に残る中で私が一番最初に神社参拝したのは現在のつるぎ町半田の石堂神社である。正しくは参拝とは言えないかもしれない。毎年の恒例で、正月前に太夫さんが正月神様をお迎えと言って、神祀りに来てくれていた。正月の間だけ床の間に掛け軸が掛けられていた。

三幅がせいぜいの床の間にときには虫干しの如く掛けられる年もあった。

いつも真ん中には石堂神社の掛け軸が掛けられていた。母から目の神様をお祀りされている神社だと聞かされていた。

まだ幼稚園にも行っていなかったと思う。貞光駅から隣町の半田の赤目病院前までバスで行き、そこから細くて急峻な山道を登って行った。途中黄色くて大きな花が沢山咲いているのを見、訪ねると綿の花と答えてくれ、あの花から綿が出来ると教えられた。

徳島に住まいを移し何十年ぶりかで石堂神社にお参りしてみようと思い出かけた。麓まで行くと小さな案内板が目につき車を走らせると次々案内板が立てられていて、初めて走る山道も迷うことなく辿り着くことが出来た。すぐ近くに駐車場も整備されている。境内では二十人くらいの人達が清掃奉仕にきていた。

見かけない私をご婦人が会館に案内してくれた。中では数人の男性がにぎやかに話している。そのうちの一人が

「どちらからおいでたんで」。と話しかけてくれて話の輪に加わった。

お茶とお菓子を目の前に用意され、幼い頃、母と一度だけお参りに来たことがあり、目の神様だと聞いていますと話すと神社総代と思われる人が、女性にむかって、

「あれを持ってきて」と言うと、何処からか「石堂神社の由緒」を持ってきて手渡された。

表紙に社殿の写真があり、オレンジ色の十六弁菊花紋が記されている。三十一ページのつくりになっている。

清掃奉仕も一段落したのか帰り支度をしている人もみられる。

「明日、一時から初祭りが執り行われますから参加されてはどうですか」。

「ぜひ参拝させていただきます」。

帰ってきて由緒書きをみて思ったことは、石堂神社の由来については建造物焼失により定かではないが、と書かれている。境内に設置されているご神灯、水器に天明五年九月と刻まれていることから、今より二百八年依然と推定される。と書かれている。

これは明確に分かる数字でそれ以前もありうるのではないかと思われる。

それは御祭神の御神名をみてからである。天神七代、国常立尊、国狭槌尊、豊斟淳尊、「以上独身三代」につづき「隅神四代」、「地神五代」、別宮として高千穂神社まで記されている。合祀神社の地区名と、御祭神十六柱の御神名が記されている。

これほど古くからの、また多くの神を祀っている神社を私は知らない。

とてつもなく古くからあった神社ではなかろうかと思うのは私だけだろうか。

あくる日、厳かに初祭りが執り行われるなか、喜んで参加させていただいた。

みさっきょ

私が生まれた在所に、みさっきょ、と呼ばれる場所がある。

子供の頃、正月前には雪の積んだ道を踏みわけて、小さな徳利に少しばかりの酒を入れ、鏡餅二個、ウラジロの葉に載せてお供えしてくるのが私の役目であるかのように行かされたことを憶えている。

小さな祠に何が祀られているとも知らずに、当然のように毎年お供えに行ったのではなく、行かされたが正しいように思う。

其処に何様が祀られているか知るのはずっとあとである。

三十歳を超えた頃久しぶりに訪れてみると黒ずんだ幟が一竿立てられている。

八軒の家の当主の名が書かれている。

家に帰り父にこのことを尋ねると、名前を書いてある八軒の家の先祖が此の在所を開いたのだと教えてくれた。

幼い頃、父がうちの家は別格の庄屋のように名字帯刀を許されていたと話したことがある。名字帯刀を許された家は八軒あったことになる。

「昔はうちの家はあそこに建っていたが三代前の爺さんが家を潰してしまった。此処に家を移した時は犬小屋のようだったんぞよ。儂と親爺とでやっと人様に笑われんような家に盛り返したんぞよ」。

父が指差す先には畑しかみえない。ちいさな子供にそんなこと言われてもと思ったことを憶えている。

最近になり、みさっきょ、に何様が祀られているのか分かった。

子供の頃にはなかった立て看板が設置されている。次のような文字が記されている。

神社取調帳

住古ハ東端山村木綿麻山に

忌部神社天日鷲命御鎮跡ノ摂社

御前神社ト言い

御一新後御御嵜神社と改称ス

宮地八六坪今神〇〇〇〇〇〇〇〇〇

祭日〇〇九月六日

八軒の家は白村だけにとどまらず大泉地区一軒、貞光町宮内地区一軒に現存している。

平成八年の盆休みに帰省すると旧端山村を、在所の人を案内人として知りうる限りくまなく調べて回った人がいて、一冊の本にして出版されていると聞き本屋にいってみるも店頭には無かった。

無いとなると無性に欲しくなる。

方々尋ねると書いた人が貞光町の永井庄屋、屋敷に詰めていると聞き、訪れてみると二人連れで出て来た人がいたので、

「端山村のことを詳しく書いた人が此処にいると聞いてきたのですが居られますでしょうか」。と尋ねると、

「あ、それ私です」。との返事、
出掛けるすんでのところで本人に会えた、奥に引返し一冊の本を手渡された。

「あのう、代金は」。と言うのを遮る様に「いいからいいから」。と慌ただしく出かけてしまった。

お礼の一言も言えなかった。

長年、端山中学校の校長を務められた、上柿源内先生その人である。

手渡された本は箱に入り布張りの厚い表紙の「息吹く端山」と題され、紙質も良く、重厚なつくりになっている。

上柿先生の気概が感じられる本である。

売ること、売れることを前提にしていないのか何処を探しても定価が書いていない。

それより数年後に、知人がこんな本好きだろうともたらされた本、同じ上柿先生の「阿波貞光町の息吹」これにも値段は書かれていない。歴史参考書になるような本には定価は必要ないのだろうか。

息吹く端山の白浦　白村の地名の見出しの箇所で、現在の行政区分は宮内、大久保という字名になっているが、一般には白村大泉という地名で親しまれている所である

白浦と言う地名は、慶長十一年貞光谷御検地帳の中に東端山は白浦ほか八部落とすとある。又寛永二年長坂家の家来が東端山の調査にきたとき、白浦で休憩したとある。

明和五年長坂テイゾウ様ご巡検の際は白村となっている。そのあと何回か白村が出て来る。その土地に生まれた者にとって地名は大事だと思うが此のゆれようはどうだと思うし、よくぞこれだけ詳しく調べてくれたものだと感心し、又、ありがたく思う。

「阿波貞光町の息吹」を見ると興味深いことが沢山あり、目が離せなくなる。

忌部神社の争奪の箇所では、古語拾遺に云う、太玉命率いる所の神の名、天日鷲命、阿波国忌部の祖なり同書神武天皇の条に云う。

天日鷲命の子孫木綿、麻並に織布を作る。

仍て天富尊をして天日鷲命の孫を率いしめ肥沃の地を求めて阿波国に遣り穀、麻の種を植えしむ、其裔今彼国に在り大嘗年に当たり木綿麻布及種々の物を貢つる、このゆえに郡名を麻殖となす縁なり。

天富命更に沃壌を求めて阿波斎部を分ち率いて東土に往き麻告を播殖ゆ、好き麻の生ずる所を総国と云い穀木の生ずる所を結城郡と云う、阿波忌部の居る所、即ち安房郡と名づく、忌部とは神を祭る種々の物を作り、斎み清めて物事をする職業の部族で、阿波忌部は天日鷲尊を祖神として祀ったのである。

忌部神社は古来国内第一の大社であったが戦国時代以降その所在が明確でなく藩政時代より争論があった。明治四年五月十四日忌部神社は国幣中社に認定せられたが所在不明につき、明治七年時の教部省にて検査の結果、山崎村鎮座天日鷲神社であることに確定し同年十二月二十二日社号を旧に復し祭典を行うた。然るに西端山村の有志は同村字吉良五所平に鎮座する五所神社を以て忌部神社の本社と主張し争議の上当局の認める所となり、明治十五年山崎村より西端山村へ一旦移し祀ったが紛争が絶えないので、喧嘩両成敗とし十九年徳島市勢見山の現所に再転して祭祀した。

其後紛争もなく山崎村を本社とする説が一般承認されたようで、大正、昭和の御大典の際には山崎天日鷲神社境外で大嘗祭に貢進用の荒布を織った。

しかし既往の論争の大要を知る事は有益と思う、幸いに前郷土誌には此問題につき詳説してあるので其概略を抄記しておく。

そしてかなりのページに、美馬郡説、麻植郡説を記されている。

東端山一揆など興味深いことが書かれている。宮内神社についても詳しく書かれていて、拝殿天井は講天井となっており、宮内神社、天井記載名簿一覧があり、百八枚の板が張られていて、大正、昭和初期にかけて活躍された人達のご芳名が記載されている。一枚に一名であるがなかには親子と思われる名、姓が違う人二名併記もある。

十五枚が破損されて名前不明とある。

私の祖父の名もみえる。白村の白浦家の名もみえる。

残念に思うのは私が聞いた本殿の費用に関しての話が書かれていない。

神社総代も死して代替わりし、確かめる術はない。

明治以前の氏名が書かれているページを見ると、私が生まれた家は谷口八百蔵―武蔵―半左衛門―茂平となっており、実家の家の位牌は繰り出しで、武蔵までは見たことがある。

幼い頃、父から聞いた名字帯刀とみさっきょが繋がったのである。忌部氏族に仕えていた家と云えるのではないだろうか。

邪馬台国

友人から薄い一冊の本を貰った。

「神代の史跡案内」 大杉博氏の書かれた本である。

七ページから三十六ページまでは史跡にいたる簡単な地図の略図が書かれている。三十九ページから六十七ページまでは、史跡の写真と共に詳しい説明がなされている。

俗に、国生み神話は淡路島からと思われていたがこの本によると総ての神社の発生は徳島県にあると言う。言葉もアから始まりワで終わる、残るは一体化を表す、ンだけである。

大杉氏は岡山県生まれと書かれている。何故、徳島県にこれほど肩入れするのかといぶかしく思ったが、まえがき、を読んで感心と共に、私のような薄っぺらな知識ではなく、凄い資料研究がなされている。

氏の考えによると日本の歴史は大きく書き換えられていると言うのである。

私は、先の戦争に日本が敗れて、外国から押し付けられたのではないか程度に何の根拠もなく、ぼんやり考えていた。

氏の考えは明確である。

まえがきで、我が国のもっとも古い史書として、「古事記」と「日本書紀」がある。そして、その中に最も古い時代の物語として、俗に「神話」と呼ばれる部分がある。例えば、九州には高千穂峡、天岩戸、高千穂峰、鵜戸神宮などがあり、また、山陰には出雲大社、白兎神社、長野県には諏訪神社、茨城県には鹿島神宮がある。ところが、それらの場所を、記紀の記述と照合して調べてみると、納得できないことだらけであり、記紀の記述とは関係がない場所であると見られるに到った。その結果、記紀に記述された神話は作り話であるとみられるに至ったのである。ところが、私の調査によると、記紀神話の本当の舞台は全部阿波であることが判明し、それがこれまで分からなくなっていた原因は、大和朝廷の大秘密政策によって、記紀神話の本当の舞台阿波が隠されていたことが判明した。つまり、全国のあちらこちらに偽の場所を作り、本当の場所を隠したのである。全く信じられないような話であるがこれが真実の歴史である。

なぜ記紀神話の本当の舞台を隠したのかと言うことであるが、最初「天皇家の先祖が四国の山上に住んでいた、ということを隠さなければ何かにつけて中国の皇帝と比較される天皇家が国民から嘲笑されて、国を治めることができなくなるから隠した」という説を唱えていた。これ以外の理由が脳裏に浮かばなかったのである。ところがその後、思いもよらない本当の理由が判明したのである。そして、その反面、これまでの私の考えが誤りであったことも分かったのである。何故誤りであったかと言うと、大和朝廷の本当の出自「四国の山上」を隠さなければ朝廷が嘲笑され、その結果招くと思われる危険よりも、大和朝廷が大秘密政策を取って、本当の歴史を曲げることにより招くと思われる危険の方が、はるかに大きいからである。現に大和朝廷が大秘密政策に基づいて「古事記」と「日本書紀」を編纂し、大和朝廷の出自が九州であるかのようにカムフラージュが施された「日本書紀」が公にされてからは、日本史の年表に「国家平安のため云々」―国家が平安な状態でなかったことを示している―という記事が現れるようになった。また、瀬戸内海では、朝廷に対して不信感を抱いた海族が暴れ出し、同じく、朝廷は間違ったことをしている、と思った藤原広嗣は反乱を起こし、ついには、危険を感じた聖武天皇が逃げ回るという遷都騒動までも起こったのである。また、一般には注目されていないが、四国の勅願寺―その辺りの騒ぎを鎮める為に、天皇の勅命により創建された寺―は夥しい数に上り四国が非常に騒いだことを示している。まだある。大和朝廷の大秘密政策は天武八年五月六日吉野宮の会盟から始まったが、実は大津皇子の反も長屋王の変も、大和朝廷の大秘密政策が原因となって起こった事件なのである。つまり、大津皇子も長屋王も、大和朝廷の大秘密政策に反する行為があったので、責任を取らされて、自害させられたのである。これが真相であって、これまでの学者の解釈には矛盾があり、誤りである。すなわち大和朝廷は身内の人達を犠牲にしてまでも大秘密政策を貫いたのである。

このように大和朝廷の大秘密政策は日本の歴史に大きな痕跡を残しているのであるが、このように、大変な危険を冒してまでも何故大和朝廷の本当の出自を隠さなければならなかったのか、それは、国家の存亡に係わる重大な問題が起こった為に大秘密政策が取られた、と考えざるを得ない。その重大な問題とは何だったのであろうか。

結論から説明しよう。日本の天皇家は、旧約聖書に記されている古代ユダヤ人の子孫であり、モーゼ「契約の箱」が剣山—「高天原の中心」—に隠されていて、そのことが渡来人たちに知られそうになったので、剣山を含む記紀神話の舞台全体を隠したと言うのが正解らしいのである。

このように申し上げると、なかには「日本人とユダヤ人とは人種が違うではないか」と言う人がいるであろうが、旧約聖書に登場する古代ユダヤ人はセム族であり、中背で、毛髪、瞳孔は共に黒く、我々日本人と同じなのである。白人のユダヤ人はユダヤ教を信奉する、カザール人であって、血族的なユダヤ人ではないと言われている。また、中には、「契約の箱はエチオピアのアクムスにあるのではないのか」と言う人がいるであろう。しかし私は、アクムスにあるのは代用品であって、本物の「契約の箱」ではないと考えている。その理由は、「アクムスに契約の箱がある」という話は、エチオピアでは昔から広く言い伝えられているのであるから、それが本当に本物の「契約の箱」であれば、今日まで「ロストアーク」「失われた聖櫃」と呼ばれる筈がないからである。「契約の箱」はこれまで多くの人々が血眼になって探したのであるが、いくら探しても見つからないので「ロストアーク」と呼ばれているのである。また、アクムスのアークは、実物を誰の目にも絶対に触れさせないが、そのことも偽物であることを暗示している。

ところが、その、「契約の箱」が四国の剣山に隠されていたとなると、これまで「ロストアーク」と呼ばれていた訳も納得できるのである。「契約の箱」が遠く日本まで運ばれて剣山に隠されていようとは、誰も思わなかったのである。では、いつ日本に運ばれてきたかというと、正確なことは分からないが、二五〇〇年以上昔のようである。それが天武天皇の時代にばれそうになったという訳である。もしそのことがばれてしまうと、外国から奪いに来られる虞があった。単に「契約の箱」が奪われるだけではない。民族までも滅ぼされる虞れがあったのである。だから、また「契約の箱」を持って何処かへ逃げなければならなくなる。逃げると言っても簡単にはいかないし、日本民族にとって死活問題である。そこで、常識では考えられない、困難な政策を強行したという訳である。これほど大変な大秘密政策が強行された理由は、これ以外には考えられないし、また、私の調査からも、そのことを暗示するものが幾つか判明しているのである。一例をあげると、空海は四国八十八札所の寺号の中に、「日本列島に安住するために大和朝廷の旧地を隠した」という意味の暗号を残している。四国八十八札所は空海が勅命を受けて、大和朝廷の出自を隠すために開設したものである。「四国八十八札所は空海が開設したものではない」という浅はかな説が広まっている、これは誤った説であることは概に倭国研究会会報「いのくに」で詳しく説明している。近く、これまでに発行した会報「いのくに」をまとめて編集、出版するので、ご覧いただきたい。

このように申し上げると、「信じられない、第一、剣山に「契約の箱」が本当に有るかどうか、分からないではないか」と言って私の説全体を疑う向きがあるかも知れないが、私が断定できないのは、現在も「契約の箱」があるかどうかという部分だけであってその他の部分は全部断定できるのである。

私が断定している事項を列記すると、次の通りである。

一、記紀神話の本当の舞台「大和朝廷の出自」は阿波である。
二、邪馬台国は四国の山上の国「高地性集落の集合体の国」であった。
三、蓬莱山は阿波富士「高越山」である。
四、徐福は脇町に住んでいた。国見丸が徐福の本当の墓である。
五、大和朝廷の大秘密政策によって、大和朝廷出自「阿波」が隠された。

六、日本には間違いなく古代ユダヤ人が渡来している。

私はこれらのことが完全に証明できて、何時どなたと公開論争しても敗れないと言う自心があるから断定しているのであって、軽々しく断定しているのではない。

ここでは天皇家は古代ユダヤ人の子孫であるという点について、少し説明しておきたい。

日本人と古代ユダヤ人とは、風俗、習慣言語、人種が酷似していて、これが偶然の一致ということは有り得ないのである。つまり、古代ユダヤ人が日本へ渡来したことは、疑う余地がないのである。そして、皇族関係の方から得た情報によると、伊勢の皇大神宮「内宮」にある八咫の鏡には、ヘブライ語で「我は有りて在るものなり」「神がモーゼに言った言葉」と書いてあるという。また我々はこれまで、伊勢の皇太神宮「内宮」の最高の御神体は八咫鏡だと思っていたが、そうではなくて、最高の御神体は、「我は有りて在るものなり」という言葉であり、大きな板に大きな文字で日本語で、「我は有りて在るものなり」と書かれていると言う。そして、更に伊勢の皇大神宮の一番奥にはダビデの星があるのだという。

中略

日本文化は古代ユダヤの文化であり、天皇家は古代ユダヤ人の子孫だなどと言うと、曾て私がそうであったように、皆さんも反発したくなるのではないかと思う。

ところが、外国の人々は、そのことをものすごく羨ましがっているのである。日本人の中に古代ユダヤ人の血が流れていると言うことは、非常に名誉なことなのである。ユダヤ人の或る指導緒者は「日本の皇室を調べたが、これはユダヤの中でも一番大切なダビデの系統ではないのか」と云い、また、或る方は「日本の皇室こそ、世界中の王室の中室になっていただきたい」と云っているという。

私、著者は何の根拠もないが日本が世界の一番古い国、一番古い民族ではないかと思っている。神生みの国、国生みの国、だと思っている。これは神話の影響だろうか。

若い頃、滋賀県の白鬚神社、竹生島、を巡ってみた。この辺りに何かヒント、痕跡が見つけられないかと思ったからである。白鬚神社、竹生島共に何も得られるものはなかった。

三女神と五柱の男性神をシンボル化したと言われる文様を目にしただけに終わった。

「神代の史跡案内」だけでなく大杉氏の書かれたもの総てが手に入らないものかと、発行所を訪ねることにした。御健在なら教えを乞いたい、半田の石堂神社が載っていない理由もお聞きしたい思いもあり、幸い同じ県内の池田とある。

訪ねてみると息子さんが応対してくれた。

残念なことに大杉博氏は三年前に九十歳で鬼籍の人となられたとのこと。

できれば大杉氏の書かれたもの全部ほしかったが内四冊しか残されていないと言う。

あとは図書館で調べてほしいとのこと、

ありがたく四冊を買い求め帰宅した。

「邪馬台国は四国にあった」わずか、四十三ページの小紙である。此れだけのページで見事に邪馬台国の場所を比定している。

以下は「邪馬台国は四国にあった」から引用、まる写しである。

邪馬台国の比定の方法について

書物等の記事に関して現実の場所を定めることを比定といいますが、邪馬台国に関する比定の方法について、従来の研究者は大きな誤りを犯していると思います。それは、魏志倭人伝の中の行程記事　朝鮮半島にあった帯方郡から邪馬台国へ至るまでの行程記事にばかり重点を置いて、他の重要な記事を無視しているからです。

およそ、この世の中で何かを捜そうとする場合、先ず、その捜すものの特徴をよく把握して捜すのが常識ではないでしょうか。比喩が悪くて恐縮ですが、銀行強盗や通り魔事件の犯人を捜す場合等でも、犯人の身長、年齢、服装等、その他できる限り犯人の特徴を詳しく示して捜すではありませんか。

邪馬台国捜しの場合でも全く同じだと思います。そこで、私は、先ず魏志倭人伝をはじめ、「後漢書」、「宋書」、「南斉書」、「晋書」、「北史」、「南史」、「翰苑」、「太平御覧」、「通典」、等々、その他、全部で二十二種類もの中國史書を調べました。そして特に信憑性の高い魏志倭人伝を中心に、その他の史書も含めて、邪馬台国の特徴を拾い出してみたところ、九十項目以上もありました。邪馬台国はこのような多数の特徴を示す記事にピッタリ合う場所に比定しなければならないのです。従来の研究者の比定に見られるように、多くの重要な特徴を無視して比定することは許されないのです。

では、邪馬台国とはどのような国か、次にその特徴を列挙してみましょう。

邪馬台国の特徴

邪馬台国の特徴として九十三項目を列挙し、項目番号の上の○印は「四国山上説」と符合することを示し、その内◎印は証拠能力がかなり大きいことを示し、更に三重○印は証拠能力が特に大きいことを示したものです。

又「四国山上説」と符合しない項目がもしあった場合は×印をつけるつもりでしたがそれはありませんでした。

尚、無印の項目は「四国山上説」に符合すると思われるも、確認に至っていないものです。

これらを合計しますと次のようになります。

○印の項目　四十項目
◎印の項目　二十二項目
三重○項目　十六項目
無印の項目　十五項目
×印の項目　なし

列挙された九十三項目は省かしていただきました。このあと項目ごとに詳しく説明されています。
私が大杉博氏の記された本の内、手に入れたものは
神世の史跡案内
邪馬台国は四国にあった
邪馬台国の結論は四国山上説だ
古代ユダヤと日本建国の秘密
聖櫃アークと日本民族を守った大和朝廷、此の五冊です、一度素読みしただけではあるが、氏の見識の広さ、洞察力の深さ、調べられたであろう資料の多さには驚かされるとともに頭が下がるばかりである。

五冊とも興味深く読ませてもらいました。

邪馬台国の結論は四国山上説だ　この本に触れないわけにはいけないと思います。いろんな人が日本各地に邪馬台国があったと主張しています。私のような素人は主張される人の肩書に目を奪われがちになります。氏はいろんな説を唱える人に後日公表を条件に手紙による比定地くらべ論争を申込み、資料との相違、矛盾点について解答を求めて、多くの研究者と厳しい論争を展開し、その結果、論争に敗れた研究者は以後、その説を唱えられなくなったとあります。

いろいろな説を唱える研究者と直接論争することにより、相手の説の疑問点を質問することができ、また、自分の説に対しても疑問点があれば遠慮なく質問してもらうことができる。そうすることにより、お互いに自分の説の弱点を知ることができ、研究を大いに進めることができる。

公開討論会などを開こうと思えば準備その他で大変であるが、手紙による論争はすぐに実行でき、また、費用もかからない。

論争の一部始終を後日公表するということを相手の研究者に最初に伝えておけば、慎重に、また、真剣に応じてもらうことができる。

大杉氏が論争を申し込んだ人の名前、肩書をみれば、有名大学の教授をはじめ、古代史研究で邪馬台国について発表している人が殆どではと思われる。

また、人により論争に一度は応じてみたものの、自説のはたいろが悪いのを無視し、大杉氏の説を無視し自説を主張し、大杉氏を罵っているように思える人もいる。

神世の史跡案内を貰い興味を持ち、幸い同じ県内に発行所があるので訪ねて行くと、御子息に対応していただき、他の四冊を手にすることができた。

古代ユダヤと日本建国の秘密

聖櫃アークと日本民族を守った大和朝廷、にふれてみたいと思う。

この二冊で説かれているのは、

神話の世界、神々の発生地は阿波である。

大和朝廷は、何故、多大な犠牲を払いながらも、大秘密政策　を執らねばならなかったのか。

日本各地の神社の元地は阿波に在り、各地の神社は偽装工作の為建てられた。

弘法太子も深くかかわっている。

大まかにいえばこのようになると思う。

神話の世界、高天原、天孫降臨の地は阿波の剣山を中心とする一帯であり、多くの文献と符合するのは此処しかないという。

私は、高天原、天孫降臨はぼんやりと遥か上空、または異空間の出来事と考えていた。自分たちの住んでいる世界のことであったと知らしめてくれたのは大杉氏ではなかろうか。

大和朝廷に訪れた最大の危機とは、白村江の戦い、「朝鮮の白村江において、日本・百済連合軍と、唐・新羅連合軍との間で行われた戦い、日本は百済を救援するため軍を進めたが、唐の水軍に敗れ、百済は滅亡した」

六六三年に百済と連合した大和朝廷は朝鮮の白村江で、唐と新羅の連合軍に惨敗している。これは古代東アジア史では、最大の国際的戦争だったといわれる。

その翌年には大和朝廷は対馬・壱岐・筑紫に防人と、烽、烽火台のようなもの、を置いた。また、その翌年には、対馬に金田城・讃岐に屋島城、大和に高安城を築いている。

これらが唐や新羅の進攻に備えたものであることは明白である。

さらに朝廷は、大和にあった都まで近江の国の大津に移している。大津という場所を選んだのは、やはり、唐や新羅の進攻に備えた物であると思われる。

この時代の大和朝廷は、極度なまでに唐を恐れていたようである。とくに、百済の滅亡と高句麗の滅亡、その、あまりの悲惨な状態に直面して、朝廷は、国が亡びることの恐ろしさを痛感したはずである。

そのように恐れを抱いている時期、唐軍来襲の危険性が現実味をおびてきた。

当時、唐ではイラン人、阿羅本を中心とするキリスト教の一派、景教の一団が長安に到来し、そして六三八年太宗帝の詔のもとにキリスト教の寺院を建て、彼らは布教活動を始めた。そのうえ、次の皇帝高宗は、阿羅本鎮国大法王としてあがめ各地にキリスト教の寺院を建立させたのだった。

こんな時代に、もし、「日本にはユダヤの秘宝がある」という情報が唐の景教の人達に伝わったとしたらどうなるか。また唐の皇帝の耳に入った場合はどうか。皇帝の命により、白村江の戦いに敗れ、まだいくばくもない日本にユダヤの秘宝を奪いに来る可能性は充分考えられよう。

「唐が、高天原の秘宝を奪いに来るのではないか」という噂話は、おそらく当時、山城に住む秦氏の人々からでたものだろう。

六七九年、天皇・皇后・及び六名の皇子たちが吉野宮へ集まって、或る命を懸けた誓約が行われたのである。

「吉野宮の会盟」については「日本書紀」天武天皇八年の記録の中に詳しく書かれている。「お前たちとともにここで誓いをして、千年の後までも無事であるようにしたい」。という意味のことを述べた。

「無事であること」とは、おそらく秘宝と国家国民が無事であるようにという意味であろう。唐に景教が入った六三五年から吉野宮の会盟までの四十四年間に日本に景教が入り込んだかどうかはわからない。渡来人または遣唐使たちによって、唐における景教流行の噂が山城の秦氏に伝わった可能性は充分考えられる。そして秦氏が「唐が、高天原の秘宝を奪いに来るのではないか」という噂話をはじめたので、朝廷は、国の危険を感じたので、高天原を隠す「大秘密政策」をとったのであろう。

朝廷の「大秘密政策」が招いた数々の悲劇も記されている。

弘法大師と四国八十八ヵ所

弘法大師が朝廷の「大秘密政策」に大きく関与していると言うのである。大杉氏の記された中から抜書きしていこうと思う。

四国八十八ヵ所は弘法大師の霊跡で、すべてが、真言宗に属している寺だろうと思っている人が多いと思う。実際は八十八ヵ所のなかに天台宗の寺が四ヵ所、禅宗の寺が三ヵ所、時宗の寺が一ヵ所、と八ヵ所、も他宗の寺が含まれているのだ。

四国八十八ヵ所の各寺の縁起を調べてみると、開設当時は五十ヵ所もの寺が、真言宗以外の宗派の寺だったのである。八十八ヵ所のなかで弘法大師が創建した寺は三十八ヵ所、あとの五十ヵ所の寺は、すでに他の人たちによって創建されていた寺だった。

四国八十八ヵ所は宗派が混在している。

このことは、もともと宗教的な救済を考えて開設されたものではないという事を意味する。

宗教的な救済が目的であれば、宗派を混ぜてはならない。それでは民衆の心が迷って救済できなくなるからである。

つまり四国八十八ヵ所は宗教的救済以外の目的のために開設されたということになる。

阿波における札所の配置が、とても不思議なことである。一番札所霊山寺から十番札所切幡寺までは、昔から「十里十ヵ寺」と言われてきたように、各札所の距離が非常に短いのである。ところが、十番札所の切幡寺から西は池田町までの広い地域に札所がまったくない。

それではこの地域は弘法大師と縁がなかったかと言えば、そうではない。弘法大師の創建または関係した大きな寺はいくつもある。

たとえば、池田町にある箸蔵寺は弘法大師の創建であり、四国では最大級の寺である。また、弘法大師が滞在して護摩堂を建てたという、美馬町の願勝寺、白鳳時代の創建で、当時は七堂伽藍を整えた大寺院であったと言われている。その他脇町の大瀧寺、山川町の高越寺、三野町の滝寺なども縁が深い寺である。

では、これらの地域にはなぜ、四国八十八ヵ所の札所が置かれなかったのか。

この地域には、他にも不思議なことがある。

昔この地域は街道・官道、または大政官道ともよばれる。街道には駅家が設けられていた。駅家とは、律令制で、街道に馬や人夫を備えておき、旅人の求めに応じて継ぎ立てをした施設も絶対に敷かれなかったのである。京から土佐の国府へ行くのであれば、紀伊を経て淡路から阿波へ渡り吉野川に沿って土佐へ行くのがもっとも便利なはずなのだ。

ところが一番近道なこの地域に、街道が敷かれていない。

結果的に道は四国に渡った後、わざわざ讃岐を通り、海岸沿いに伊豫の今治から松山を経由して遠回りで土佐へ行くコースが定められた。

このコースではあまりにも遠く、また、道も悪い。そこで養老二年、土佐の国司によって阿波から南の海岸沿いに土佐に入るコースが申請され、許可されている。

しかし、このコースも太平洋の荒波を受け、海岸は絶壁が続いているので、旅人は人里を離れた山また山を、何日も超えて行かなければならないという、困難なコースだった。

そこで延暦十五年、こんどは讃岐を通って伊像の川之江から四国山脈を横断するコースが開かれた、このコースは江戸時代の参勤交代まで使われたのである。

最も近い吉野川に沿って土佐に入るコースは、街道としても絶対に許可されなかった。

ところがおもしろい事実がある。皇族関係、土御門上皇・尊良親王だけは、吉野川に沿って土佐に入っているのである。

十番札所切幡寺から池田町までの広い地域には皇族を除き、他国者、つまり遍路も旅人も一切入らせなかったのはなぜか。

この地域こそ大和朝廷の本当の発祥地だったのだ。

記紀を開いてみよう。

そこには、カムヤマトイワレヒコが筑紫の日向から東征して大和へ行き、初代の天皇になって大和朝廷が出現した、とされている。そして、筑紫の日向とは九州の日向国のことだと今迄誰もが思っていた。

ところが、事実はそうではなかったのだ。

昭和二十年、終戦直後の日本は一転して自由主義国の仲間入りを果たした。当然それまで息を殺していた多くの古代史研究者がゾロゾロと九州を訪れ、記紀神話の現地調査を行った。いろいろと調べていくうちに、意外にも記紀の神代の巻に書かれている舞台と現地とがあまりにも違い過ぎていることに気がついたのだ。そして「九州は記紀神話とまったく無関係」という結論に達したのである。その結果として「記紀に書かれている神世の物語りなど、しょせん創作にすぎない」と、考えられるようになってしまったのである。

ところが、記紀神話は作り話ではなかった。

記紀神話は、真実の物語であり、しかも、その本当の舞台は四国の阿波であることが、阿波の歴史家と私達の研究により判明したのである。そして、この空白の地こそ、記紀神話に登場する本物の「葦原中国」だったのである。

記紀神話によれば、葦原中国は最初、イザナギノミコトとイザナミノミコトが治めたという。その後、オオクニヌシノミコトとスクナヒコノミコトが治めるが、スクナヒコノミコトが淡島で死んだ後は、オオクニヌシノミコトが一人で治めた。

その後、高天原族と出雲族の間で戦いが起こり、出雲族が敗れて葦原中津国の「国譲り」が行われた。そしてアマテラスオオミカミの孫であるニニギノミコトが降臨して、葦原中国を治めた。

記紀に記されているイザナギ、イザナミノミコトからウガヤフキアエズノミコトに至る王たちの宮跡が全部この空白といわれる地域内にあるのだ。

そのあとカムヤマトイワレヒコノミコトは「天下を治めるには、東方にもっと良い土地がある。そこへ行って都を作ろうではないか」と言って、この地には宮を造らずに東征していった。そして畿内に大和の国を開いて橿原宮を造営している。こうして大和朝廷が出現したのである。

弘法大師が四国八十八ヵ所を開いたのは、本来の大和朝廷の発祥地へ他国の者を入らせないようにすることであった。そうすることによって、日本歴史の真実、大和朝廷の発祥地と秘宝を封印しようとしたのである。

十番札所切幡寺の「切」は「限界を表し、また、「幡」は「端」を表す言葉である。

このことから、「切幡寺」とは、ここが限界ですよ、端の寺ですよと言う意味になる。

「もうここから西には行ってはいけません」という暗示なのである。

その暗示を裏づけるように、切幡寺から西には、札所がまったく設けられていないのである。

遍路たちを天孫降臨の地、高千穂の峰―友内山―の近くへ近ずけることは秘密政策上出来ない。せめて切幡寺から有名な高千穂の峰だけでも拝ませてやりたい。というのが、弘法大師の慈悲心ではなかったろうか。

切幡寺は山の中腹の急斜面に建てられている。四国八十八ヵ所のなかでも、二番目に高いといわれている石段を登った急斜面に石垣を築いて建立されているのだ。

このような場所を、なぜわざわざ選んだか。山麓にはもっと建立に適する場所があるではないか。にもかかわらず、こんな危険な所へ寺を建立したのか。

切幡寺から遥か彼方に高千穂の峰―友内山―がみえるのである。

切幡寺は山麓の平坦な場所には建立されず、険しいが「高千穂の頂上がみえる」位置に、わざわざ建立されていたのである。

また切幡寺の院号は灌頂院である。

灌頂とは密教用語であるが、この切幡寺に「灌頂院」という院号が付けられた理由は、この寺が頂きを観る寺であることを暗示するためであろう。

最後の札所大窪寺の奥ノ院は大窪寺から細くて急な坂道を三十分ほど登った所にある。そこは、小さな谷間の急斜面で、人工的に敷地を造り、御堂が立てられていた。

此処の境内から「高千穂」が見えることを確認した。高千穂―友内山―天孫降臨の地、それに剣山も見える。奥ノ院の本尊の位置から眺めれば、左右から山の斜面が迫っていて、約二十度ほどの視界から高千穂と剣山が見えることが判明した。

しかも、奥の院と高千穂の間に台山と言う山があり高千穂と剣山が乗っかっているように見える。だから台山と名づけられたのであろう。

第八十八番大窪寺の奥ノ院とは、四国八十八ヵ所を巡拝した者に、最後に大和朝廷の聖地を拝ませる場所であるとともに、友内山―高千穂―や剣山―高天原の中心―が尊い山であることを暗示する場所だったのである。

奥ノ院の寺号が「胎蔵峰寺」である。

「胎蔵峰」とは「峰を胎蔵―含有―している」という意味である。それは、この奥の院から眺める視界のなかに尊い峰が含まれていることを暗示している。

高知県の第三十二番札所禅師峰寺がある峯山から、遥かに剣山が見える。弘法大師が、「虚空蔵菩薩求聞持法」を修業したという。


大杉氏は、「虚空蔵菩薩求聞持法」と「虚空蔵文字法」は別のものと説いている。

私、筆者は、弘法大師が室戸岬の洞窟で「虚空蔵菩薩求聞持法」を修業中、口の中に金星が飛び込んできたと何かの本で読んだ記憶がある。

私が、阿含宗に入信して間もない頃、「虚空蔵菩薩求聞持聡明法」について、管長法話の時に耳にしたことがある。

体の部位を何段階か訓練し—チャクラの開発という—最後に、眉間の奥に有る松果体視床下部に明かりを灯せ、というものだった。

虚空蔵菩薩の真言を、不断なく百万回唱えるということだった。生涯一度だけでよいと聞いている、興味はあるが、出家しなければ到底無理なこと、と、メデテーションセンターのパンフレットは戴いたが、瞑想にも参加はできなかった。

弘法大師が、「虚空蔵聞持法」を数ヵ所で修行したと言う。

阿波　大滝山

土佐　室戸岬の御蔵洞

讃岐　五剣山山頂

土佐　峯山山頂

讃岐　女体山中腹

室戸岬の御蔵洞だけが剣山を見ることができない。

「虚空蔵聞持法」のそれぞれの文字には、次のような意味がある。

虚空　空間、空、空は四国では山上の意味

蔵　所蔵、おさめ持つこと

聞　聞く、問う

持　物を損なわず、元のままで長期間手中に置くこと

法　物事をする方法

これを続けて読めば「空に所蔵し聞いて長期間手中に置く方法」という意味になる。

すると「山上に所蔵し聞いて長期間護持する方法という意味になる。これはどうも、剣山に隠されて

いることを指しているように思える。

八十八ヵ所の一番札所から十番札所までの寺号は、次のようになっている。

一番　霊山寺
二番　極楽寺
三番　金泉事
四番　大日時
五番　地蔵寺
六番　安楽寺
七番　十楽寺
八番　熊谷寺
九番　法輪寺
十番　切幡寺

これらの寺号の頭文字を拾うと「靈・極・金・大・地・案・十・熊・法・切」となる。これは漢文的暗号なのである。分かりやすくすると次の通りである。

「零代―御神体―は極上の金である。大地に安十する為に―安住、安堵するために―熊―熊野を―法―

によって切った」という意味になる。

朝廷は秘宝を守るために、大和朝廷の旧地を隠す秘密政策をとったが、その大和朝廷の旧知へ他国者を入らせないようにするために弘法太子は、四国八十八ヵ所を開設した。

つまり秘宝を守るために設置した結界であると言うこともできる。

四国八十八カ所の寺の開基者の表を記してくれている。

聖徳太子	二ヵ所
天武天皇	一ヵ所
役行者	四ヵ所
行基	二十六ヵ所
弘法大師	四十一ヵ所
その他	十四ヵ所

八十八ヵ所開設当時よりも弘法大師開基の数が三ヵ所ふえている。

童謡かごめかごめ

「かごめかごめ」とは籠の目の事であり、その形は「ダビデの紋章」と同じである。すなわち、イスラエルのことを言っているとも考えられる。

また「籠」とは剣山を指していることにもなるのである。なぜなら、剣山のことをタロウギュウとも呼ぶ、南隣にはジロウギュウがある。ギュウの岌とは行脚僧や修験者などが、旅の際、物を入れ背負って持ち運ぶ、竹で編んだ箱のことなのである、竹で編んでいるので籠と言っても良い。すなわち、剣山を籠と呼んでいることになる。

剣山の鍾乳洞の中に鎮座している秘宝は、まさに籠の中の鳥である。

「鶴と亀が滑った」の鶴と亀とは、剣山、山頂にある鶴岩亀岩のことではないかと思われる。

弘法大師が渡唐したとき、景教の大秦寺の僧—景浄—から「旧約聖書」の内容を知ることはできたと思われるので、契約の櫃のことについても景浄から情報を得ることができたのではなかろうか。そのうえで、「かごめかごめ」の歌と遊戯を作ったのではなかろうか。

「いろは歌」には隠された暗号があった。
「いろは歌」は古くは万葉がなで、七字区切りにかかれていた。

以呂波耳本部止　いろはにほへと
千利奴流平和加　ちりぬるをわか
除多連曾津祢那　よたれそつねな
良牟有為能於久　らむうゐのおく
耶万計不己衣天　やまけふこえて
阿佐伎喩女美之　あさきゆめみし
恵比毛勢須　　　ゑひもせす

この各行の一番下の文字を右から左に読むと「止加那久天之須」となり、これは「咎なくて死す」——罪もないのに殺された——という暗号である。

これは無実の罪で死んだ柿本人麻呂がつくったもので、弘法大師がつくったものでない。という説があるが、「咎なくて死す」とは、人の死のことではない。これは大和朝廷の発祥地である阿波が、「大秘密政策」によって隠されたことを指しているのだ。「咎ないのに葬られ」死国—四国になった。このことを弘法大師は暗号で伝えていると解釈している。

また、「いろは」を「母」―大和朝廷を生み出した母なる国―と解し「いろは歌」を次のように解釈している。

はは―いろは―なる国は、その匂いがいっぱい残っているが、これでおしまいか。この世は無常である。さまざまの因縁によって生じた現象を、今日ようやく乗り越えて、これから、浅い夢を見ず、酔いもせず、厳しい現実の世を生きてゆく。

このように解釈すれば、昔から伝えられているように「いろは歌」は弘法大師がつくったとかんがえても、何ら矛盾はない。むしろ歌の内容から推察できるように、「いろは歌」は弘法大師でなければ絶対に作れなかった歌なのだ。

四国には昔から次のような口伝がある。

弘法大師さんは、四国の大切な物を封印なさったんだ。瀬戸内海にかねの橋が架かったら、その封印が解けるんだ。

封印を解いたのは大杉氏であろうと思う。

大杉氏が書かれた一連の本の中で少し疑問に思う点について、私の意見を記します。

「先代旧事本紀大成経」について、聖徳太子が亡くなられた後、編纂されたと書かれているが私には本当の所は解らない。

天照大御神様と、邪馬台国卑弥呼を同一と書かれているが、邪馬台国の歴史は三千年に満たない、天照大御神様は、天神七代、初めの神様から数えて二十二代目の神様との神名表を目にしたことがある。

また、先の大戦で日本が敗れ、大戦中に焼失した、あるいはＧＨＱに接収された等いろんな説があり、どう伝えられたかはわからないが、竹内文書に記されていると言う、ときの天皇の年齢は驚くほどの年齢が記されている。また、「神の千年王国は近づいた」では冒頭に、記録にとどめられている最古の系図によれば、西南アジアに住んだメトセラという人は地上の被造物である人間の中で最も長生きした人ですが、それでも千年までにはなお三十一年を残して一生を終えました。と記されています。

また「御聖言」神は人間が造りしものにあらずに、千歳以上誰にても生き得るよう人間創りおきしを、百歳以下に縮めてまだ気づかざる化け物の世ならずや。誰がかくなせしやと記されており、大昔の人はとても長命だったのではと思われます。ましてや、天照大御神様、神様の年齢など想像もできないのではないのでしょうか。

天皇家とユダヤについては、天皇家は巌として御あしまし、日本から世界に出て行った人達の内、中東で栄え、やがて一番遅れて日本に帰ってきた、辿り着いた、一部のユダヤ人がいたと考えるのが本当の所ではないでしょうか。

世界文明の「起源は日本」だった

もう十年くらい前になるだろうか、世界文明の「起源は日本」だった、という本を興味本位で買い求めた。もうすこしあとで詳しく書きたいと思うが、内容に惹かれるものが有り、この本を大事にしていた。

大杉氏が存命中に出されたこともあり、読まれたことはなかったのであろうかと残念に思う。私自身大杉氏の本を手にしたのは昨年、令和四年、夏頃である。脈絡がないかもしれないが、邪馬台国、秘宝、弘法大師で繋がっている。

遥か上空から撮ったであろう巨大な地上絵の数々、これを見れば、世界文明の起源は日本というのも頷かざるを得ないだろう。

兵庫県、朝来町、神河町周辺が主な舞台である。写真が掲載されている高御位山、石の宝殿には遊び仲間と何度か行ったことがある。

高御位山を守護するように東西に二ヵ所、鹿島神宮が有る特異な配置になっている。

頂上では多くのハイカー達が思い思いに弁当を広げて、休憩をし、憩いの場のようになっている。

頂上にある、大きな岩が引き裂かれたようにみえる先に小さな島を指して、

「あの島に渡ることはできないですかね」。

傍らの人に尋ねると

「漁船にでも頼めば行けるかもしれませんが、止めとかれたほうがいいのではないですか」。

とだけいわれ、なぜかは教えてくれなかった。

高砂沖にある小さな島、上島には長き年月を困苦に耐えられた神様がおられた。

和式の結婚式に一番最初に歌われる謡曲、高砂の尉と姥のいわれの地でもある。天地未分、陰陽未分の太初にあたりて、天の御先祖様より大地球の先祖として任じたまひ、大地の修理個成を言よせしたまいかば、地上の主権をおひ、久良芸如す漂える国土を修理したまふや、大神の施設、あまりに厳格剛直にして、混沌時代の主管者としては、じつに不適任たるをまぬがれず、部下の万神は大いに困難を感じ、衆議の結果、天の御先祖様に、国祖の退陰されんことを奉請するの、止むを得ざるに至れり。天の御先祖様は、ここに万神の奏請を嘉納せられたれど、一たん国土の主宰に任じたるうえは、神勅の重かつ大なるを省み玉いて容易に許させたまはず、一方国祖にむかって少しく軟化すべく種種慰撫説得なし給いしかども、国祖の至公至平至直至厳の霊性は、容易に動かすべくもあらず、国祖の妻神たる、豊雲ヌ之神言にむかひて、国祖に諫奏すべく、厳命を下した給いぬ。

妻神は即ち、坤の金神なり。坤の金神は神勅を奉戴し、夫神に百万諫奏し給ひしが、元来剛直一方の国祖は、和光同塵的神政を給はざりけり。ここに天の御先祖様は一方万神の奏請しきりにして、制御すべき方策に尽き給いしかば、断然意を決して国祖を艮へ退去すべく厳命し給ひ、かつ詔り給はく、なんぢ今我言を奉じて潔く退辞せば、我また時を待ってなんぢを元の主宰に任じ、かつ我は地に降りて汝が大業を補助すべしと、神勅おごそかに降下あらせられたれば、国祖も無念をしのび、数万歳の久しき歳月を陰忍し、世の成り行きを座視し給いたり、八百万の神の決議により神政妨害者として、永久に艮に押し込めらるる身とは成り給いぬ。此処に艮の金神の名称はじまりぬ。艮の金神は、その罪科の妻神に波及せむことを憂慮したまいて、夫妻の縁を断ち、一人艮に隠退し給ひしが、妻神豊雲野の神は夫神困苦を、座視するにしのびずとて、坤にみずから退去されたり。これより坤の金神の名はじまりぬ。夫神の苦難を思ひて罪なき御身、かつ離縁されし御身ながらも、みづから夫神に殉じて、世に落ちたまいし御心情は、夫婦苦楽を共になすべき末代の亀鑑なり。

詳しくは、出口王仁三郎氏の論文集、「太古の神の因縁」を一読されたい。

また、出口和明氏の「大地の母」の上島開きに坤の金神様お迎えのときの御苦労の様子が記されてあり、最近はあまり見かけなくなったが、街角に神の王国は近づいたとか、汝等罪人と書かれた標語のようなものを見かけ、どんな罪を犯したのかと腑におちなかったが、現今の節分に国祖御退陰の折に、炒り豆を投げつけたり、柊の串に鰯の頭をさしたり、神やらいの惨状伝え、ひふみ神示にはこれが原罪であり、まずこのことを詫びろと示されている、怖い神、厳しい神と恐れられ、家相などでも表鬼門、裏鬼門といわれ不浄なものは避けるべく建てられるは、常に清浄な、気、が流れているからといわれる。

初めての剣山登山

私が初めて剣山に登ったのは昭和三十九年、中学三年の夏休み中である。同じ在所の一つ年下の男と二人で登った。貞光駅から木綿麻橋を越すと国道とは名ばかりで未舗装で道幅も狭く曲がりくねった道を右に左に大きく揺れながら進む。

現在は貞光川で統一されているが、当時は木綿麻橋を過ぎたあたりから木綿麻川とよばれていた。車の台数も少なく、すれ違いの困難な道を順調に走り狭い渓谷沿いの景色に見とれていた。剣橋で降りたと言うよりも終点でバスは此処から折り返し運転だったように思う。

剣橋から自動車道が整備されかけてはいたが、遠回りになるので人が歩けるだけの狭くて急峻な道を登った。道沿いには小さな御堂とか石仏が沢山目についた。夫婦池付近まで来るとなだらかな道になる。

その日は見の越の宿坊で泊めてもらうことにした。

見の越には神社とお寺が並んでいてどちらの宿坊かは分からずじまいである。

一間きりの宿坊で部屋には十人余りの先客がいて、先生に引率された中学生である。

「どこからきたん」と聞かれたので

「貞光からじゃ、あんた等は」。

山川の中学生で穴吹側から登っていたと言う。

名前を聞かれたので、

「佐古と竹田じゃ」。と答えると大きく歓声があがった。私達が着く前にいる人の名字で、徳島線の駅名と同じ人が何人もいると話題になっていたと言う。

「一番先の人が来た」。と歓声があがった。

「それは違うじゃろ、一番先は徳島じゃろ」。

先生が説明してくれた、徳島は高徳線で、池田は土讃線になり、徳島線は佐古から佃までになっているそうだ。

見知らぬ私達も仲間になり電気が消えるまで話がはずんだ。後日山川中学の一人から切手を送ってもらい今も大事に持っている。

一間きりの部屋である。全員で雑魚寝になる。

気になったのは狭い山あいにいつまでも発動機の音が聞こえる。周辺が静かなだけによけい響いて聞こえる。部屋に一個だけの裸電球が消えると音は聞こえなくなった。

当時、まだ電気が通じていなくて発動機で電気を起こしていたと知ったのは翌朝である。

夜明けを待って二人で登った。

見所をいろいろ聞いていたが一気に頂上をめざし、あまり景色を楽しむ余裕はなかった。頂上付近は背の低い笹ばかりで木は全く見当たらず、好天に恵まれ四国全部がみえるようで、別世界とはこのことかと思うほどだった。


不思議な夢を見ることがある。

その時は夢というより声だけであった。

人に言うのも恥ずかしいというか、ばかげているようなことをいうのである。

私に人類の宝を預けるという。

他人に話しても先ず信用してはもらえないであろうし、ばかにされるのがおちである。私自身よく意味が分からないし、人類の宝など想像もできないのである。

また、身に余るものを手にすればろくでもない様なことばかり起こりそうに思える。

そんなものいらないと忘れた気でいても、脳裏の片隅に残っているのか、田舎に帰った時、剣山に登ったことがある。

田舎には兄と姉が健在でいる。

姉の家に泊まり、朝早く出るから朝ご飯は要らないと言っておいても、早くから起きて弁当まで用意してくれている。

また、或る時、兄の家に泊まった時は剣山から直接大阪へ帰った。後でもう一晩泊まるだろうと、私の好きな豆腐の味噌田楽を沢山作り待っていたと聞かされた時は、ありがたくて、すまなくて涙の出る思いであった。

そんな物いらないと思う反面脳裏の片隅には残っていて気にはなるのである。

或る時は夕方姉の家を出て、山中で一人気を静めていれば何かインスピレーションが湧くかもと、夫婦池の少し先にある駐車場に行くと車がある、人がいる、これはだめだと少し引き返し、松林の中に一台だけ停められる場所を見つけ夜明かしすることにした。

山中で一人転寝をするのは心寂しいばかりで何の感じも湧いてこない。

自分の非力、無能力を知るだけで終わった。

梅の吉野、桜の吉野

奈良県にある吉野山は有名で行ったことがない人でも写真ぐらいは見たことがあるのではないだろうか。

若い頃から遊び仲間達と何度か桜見物に行った。当時は裏道から奥千本、義経の隠れ堂、西行庵近く辺りまで車で登れた。

近年は見物客が多くなり、どう廻っても人がいる。車は吉野宮の近くの駐車場に朝早く預けなければ行けなくなった。

桜の吉野とは別に梅の吉野がある。

五條市から和歌山に向かって走ると賀名生梅林がある。

駐車場に入ると、すぐ右側に花見の頃には座敷で琴を奏でたり、縁台に赤い毛氈を敷き、お茶のふるまいがあり、雅な雰囲気のある所である。向かい側の家は歴史資料館になっていて多数の本や古い農機具が展示されている。

通り過ぎると後醍醐天皇が行宮とした民家も見える。梅林の入り口には数軒の土産物店が並び、季節外れの富裕柿が売られていて、行く度毎に買って帰る。

梅林の途中では農家の人がにわかしたての店を出し、思い思いの品を並べている。おでんとか、串を刺した蒟蒻に味噌を塗り、寒さが残る頃には温かい物が喜ばれる。

各店で梅林の案内図を配っているのもうれしい。グループになっている人達が、ここが一目千本、見返り千本などと賑やかである。

千本単位ではない、総数二万を超すと言う。

京都府、笠置町の河川敷に広いキャンプ場があり、夏場はテントを張っている人、バーベキュウを楽しんでいる家族連れ、魚を釣っている人、泳いでいる人、賑やかな所である。

川から切り立ったような笠置山があり、山頂近くにお寺がある。

寺を過ぎると行場があり、入るとすぐ建物の裏に大きな磨崖仏が目に入る。

戦国時代に火災に遭ったとかで、刻まれた線が見えにくい部分もある。

行場の中程に揺らぎ石があり、卵を転がしたような形の大きな石が押すとゆらゆら揺れる。二人がかりで押しても揺らぐだけである。

転がれば先は断崖、絶壁である。

大きな馬の背のような岩の上に登ってみたり、見所の多い行場を楽しんだ後一番高い所に行ってみると鉄柵で囲われた区画があり、後醍醐天皇の行在所跡と表示されている。

梅の吉野、桜の吉野、笠置山、共に、後醍醐天皇のゆかりの地になる。

或る時、新聞の広告欄に気になる文章が載っていて取り寄せてみた。

明治の頃に神様と話ができる人がいたというのである。

天皇家に仕える女官により伝えられてきて、後醍醐天皇の御代に伝承者が分からなくなってしまったことを復活、体得したという。

これは是非にと購入した。内表紙の裏に、

厳禁書

本書は生涯受用無尽、その運用、活用は各人の力腕に任せるといえども、霊的観点より他見、他伝、譲渡ならびにその乱用を固く禁じます。そうした行為による霊的反動について、一切責任は負いません。


冒頭にこのように明記されている。

本を購入し読んだからといって身に着くようなものではない。よく理解し体得した人に教えを伝授されてこそのものとおもう。

梅の吉野、桜の吉野、笠置山、巡ってみても、それらしい物、者は目にすることはできなかった。

またある時長く脳裏に残る夢をみた。

初めて剣山に登り、泊まった宿坊の軒裏から人類の宝に関する書物が出て来るという、盆休みに田舎に帰り、車で行ってみると、宿坊は荒れ、軒先の垂木が露わになっている箇所が目につく。道路も電気も整備され、便利になったのに、どうしたことだと考えさせられた。見の越からは長い登山リフトが付けられ、頂上近くまで行けるようになった。

今回私も泊まる予定はない。

便利になり楽々日帰りできるようになり、宿泊施設も見向きもされなくなって、荒れるにまかせているのかと胸が痛くなった。

沈んだ気持ちのまま大阪に帰り手にしたのが　世界文明の「起源は日本」だったのである。誰の手によってでも宝が世に出ることはありがたいことと嬉しく読ませていただいた。

ずいぶん遠回りしてしまった。

この本のテーマは神様に文句いってみたで、書き出したはずである。本題にもどします大阪市中央区安堂寺町に鎮座されている榎木大明神の御祀りが執り行われると知り、一度参拝、参列させていただきたいと思いやってきた。

社の前に接待用の机が並べられ、足りないのか個人のガレージと思える処にも並べられた。定刻になったのか神官が出て来られて神言をのりあげ、後ろの方にいる私にはよく聞き取れない。

前の方にいても意味はさっぱり分からないだろう。

神官が社に向かい幣を左右左に振り祓い、参拝者の方に向き直り同じように幣で祓い清めた後、また社に向き直り神言をのりあげてあとは直会である。

代表者の挨拶があり、お神酒を一口、お茶お菓子で話に花が咲く。

私はあの日あの頃のことを思いだしていた。

あの頃、一ヵ月ほど前から西隣りで、規模は小さいがマンションの内装工事に来ていた。

一階は店舗になるので私達の担当ではない。

一フロアー四戸の小さい建物である。

二階に松井さん親子二人が受け持ち、親方と私が三階の作業となり、各々それぞれの仕事をしていた。

松井さん親子とは初顔合わせで、人柄も分からなかったが、直ぐに仲良くなった。

仕事の大部分は自分で小さな仕事を受け、マンションはあまりやった事が無いと言う。親方と私もどちらかといえば町家仕事と言って、木造建築が好みで、ビル、マンション、鉄筋コンクリートの建物は野ちょう場仕事といい、一段低く見ると言うか、誰でもできるとみなされていた。

社長にも大工仲間にも、町家やめて、マンションにおいで、給料二倍三倍になるでと誘われていた。町家の大工もおらなんだらいかんやろと、あまり乗り気になれなかった。

やってみると、面白いし、町家の仕事もだんだん少なく為ってきた。

野ちょう場仕事に慣れてきたころには手間単価が下がり、給料二倍、三倍はなくなっていた。

松井さんは、この現場に来る前は中津で料理屋の店舗を親子二人で仕上げ、その時の苦労話をいろいろ話してくれた。

目の高さに大きな生け簀を造り、泳ぐ魚を指定して目の前で捌いてくれ、大きな一枚板のカウンターを手に入れるのに苦労した、俎板は銀杏の木が一番いいが手に入らなかった、ステンレスの排煙フードに予想外のお金がかかったなど話は尽きない。

一度食べに行こうと誘われた。

土曜日の仕事終わりの後が良かろうと連れていってもらった。

梅田のすぐ近くであり、人通りの多い繁華街のなかにある。

店内に入ると威勢のいい言葉が掛けられる。主人が挨拶に来ると、

「繁盛しているようでなによりですね、今日は美味しいとこ頼んます」。

「任しといて下さい、どれにしましょ」。

一番大きい黒鯛を指さすと法被を着て鉢巻姿の若い姿が威勢よく声をだし、網を手に取り、手際よく目の前で捌いていく。

仕事の合間に聞いていたカウンター、排煙フード等を見ている内に何品も並べられた。黒鯛の刺身を一切れ食べると、

「旨いやろ、今迄泳いどったやつやからな」。

「うん、コリコリして旨いわ」。と答えると、松井さんも若い姿も、そやろそやろと云うような顔で頷く。

残念ながら私は山で生まれ、育ち、正直魚の味はよく分からない。

飲み慣れないビールと料理を頂いて帰った。

月曜日からまた仕事である。

三階で一人作業しているところへ、昼過ぎに社長がのぞきに来て、

「熱いでんなあ、一人でやってまんのかいな、他の人は」。と尋ねられたので、

「松井さん二人は二階でやってますけど、音がしなければ何処かで休憩してますのやろ、親方は五階で土台の敷き込みをしてます」。

「悪いけど、皆呼んで来てもらえんかな」。そういわれたので二階へ行くと二人ともいない。五階へ行き親方に告げ下に降りると、二人が冷たい物を買って来たと言い社長と話している。

「明後日、社屋の完成披露をするから、昼飯食べずに一時に事務所にきてや、屋上で立食パーテイや、パーテイ屋から配膳係りの男の人一人と女の人五人来るようになっているから盛だって飲んだってや」。

松井さんは少し考えてあとで
「私は遠慮させてもらいます」。

「どうして」。

「私ら未だ社長のとこ来て間がない新入やし大勢のとこ苦手ですんや、知らん人ばっかりやろうし」。

「来るのは工場の者と事務所の者、あとは大工ばっかりやで、ええ顔つなぎになると思うけどな」。

松井さんは拒みつづけた。

「此処からは二人だけで行ってえな」。

「わかった、参加の増減はよくあることやから気にせんといてや」。

それだけ言うと帰っていった。

夏の暑い盛りの頃のことである。

大きな建物なら涼しい所もあるのだろうが小さなコンクリートの建物の中は太陽に焼かれて何処に居

ても暑い、昼休みには少しでも涼しい所を選びごろ寝をしている。

私はいつも東隣の大きな木の下に薄いベニヤ板を持って行き昼寝をしていた。場所は充分広くてその日の気分で寝る位置が変わる。

なにより、木陰で時々そよ風が吹く。

都心部でこんなにありがたい所があるのかと喜んでいる、また、道路からは見えないようになっている。

榎は二本あり、石段を上がった所の木の下には社がありどんな神様か知らないが祀られている。西側の木は社の木の倍もあるだろうか、石灯篭が沢山あり、お稲荷さんが祀られているのか狐の像も何個かあったように記憶している。

事務所移転当日のことである。

一時には十三木川に新築完成した事務所に行くようになっていた。正午には仕事を終え後片付けまでしておかなくてはいけない。

十時に小休憩したあと気分が悪くなった。

始めは、お茶が悪かったか、アイスクリームが悪かったかと思いながらも、さほど気にするほどでもなかったが、時間が経過するほどに胸の思いが変わってくる。

立食パーティに行きたくないという思いが頭をよぎり、黒雲が湧き上がる様に行きたくないということしか考えられなくなった。

もう、十年も体の変調は感じたことがなかったのにどうした事かと色々思いを巡らせる。

どうすれば行かなくて済むか、いろいろ考えるが生憎一昨日から車検に出し親方の車一台で来ている。

どうすれば、どうすればからどうしてに変わった。どうしてこんなに気分が悪くなったのか、思い当たることが無い。

考えあぐねた末に思い付いたのが毎日の昼寝である。

大きな榎、沢山ある石灯篭、狐の石造、全部神様に関係がある。

神様に足を向けて寝ない方が良いくらいは知っているのに、毎日、どの方向に向いて寝るかも決めず、好き勝手に寝ていた。榎に、石灯篭の小さな社に、一つ一つに大変ご無礼を致しまして申し訳ありませんでしたと、お詫びして回ればよかったのかもしれない。

しかしこの時は詫びる気は全く起きず、逆に憤然として榎の気のそばに行き

「毎日木陰で昼寝をしてありがたいとこそ思い、何の悪意のない者に此の仕打ちか、神と崇められるなら慈しみというものも持ち合わせてあろうに」。

怒気を含んでいたかもしれない。

暫く榎の前に佇み気を静めてみても何の思いも湧いて来ず、いつもの榎である。これはしまったわい、榎は関係なかったようだと思い部屋に帰ってきたが、行きたくないの思いは募るばかりである。何がどうなっているのか分からない。

さいわい三階にいるのは私一人である。

自分の姿を他人に見られるのが恥ずかしいと思い、窓も入口もベニヤをあてがい突っ張りをして蹲ったか、額ずいたか、顔がコンクリートに着くような姿勢になり、見せてくれ、見せてくれ、行けばどうなるのか、どうなるのか、精一杯の思いだった。

そうすると見えたのか、脳裏に浮かんだのか、思わぬ光景が鮮やかに浮かんできた。

屋上で和やかに談笑し、酒を頂き、料理に舌鼓でみんな楽しんでいる光景が見える。

北側から黒煙が立ちのぼってきた。

様相は一変した。

下の階から出火したのである。

屋上にはエレベーターは設置されていない。降りる手段は階段だけである。

我先に階段付近に殺到した人達が将棋倒しになっている。

逃げ遅れた人に煙が近づく。

西側には青い屋根の二階建ての文化住宅がある。文化住宅の屋根に飛び降りる人がいる。

あの人が飛び降りた。またあの人も、また、飛び降りて助かろうはずがない。

何度も一緒に仕事をしてよく知っている人ばかりである、それも人が良くて他人と口論などしたことが無いような人ばかりである。

私の体が震えているのが分かる。

おそらく半狂乱状態ではなかったろうか。

腹の底から怒りのようなものが悲しみと共に湧き上がってきた。

私一人助けようと言うのか。

あの人たちは死んでもいいというのか。

この世に神はいないのか。

私一人助けようとする神などいらない、そんな神捨てられる前にこっちから捨ててやる。

あの人も、あの人も、皆助けてやってくれ。

生きる人も死せる人も、今まさに死に直面する人も皆全部助けてやってくれ、そんな神でなかったらいらんわ、必要ない。

あの人達を殺すならまず私を殺せ。

私を助けようとするならあの人達全部助けてやってくれ。

どんなことになっても私は行く。

どうすれば、どうなればあの人達は助かるどうやれば……みんないい人たちばかりではないか……二階に大広間がある、半分は事務所に成っているが残り半分手つかずの部屋がある。倉庫代わりにする部屋がある。

移せ移れ二階に移れそうすれば全員助かる。

何度もそう念じた。

どれくらいの時間だったのか分からない。立ち上がり呆然としている処に外で声がする。見られないようにしていたベニヤを取り除くと明るい夏の日差しが射し込んでくる。

松井さんが弁当を買いに行く息子にもう一度念を押すように、

「儂はのり弁でええぞ」。

「分かった分かった」。

道路に出ている息子が返事する。

そこへ親方が降りてきて、

「片付けたかい、準備が出来たら出かけるで」。

親方の車に同乗し十三に向かった。

走り出すと日差しがなくなり、雲行きが怪しくなった。

堺筋を走り出すと大粒の雨が降り出し車の後ろを追いて来るようだ。

堺筋を北上し長柄橋を渡ると柴島浄水場に突き当たる。

雨がすぐ後ろに追いて来ている。

これだこれだ、叫びたかったが声にはださなかった。

浄水場前を西に曲がるとまだ追いてくる。

親方が酒屋の前で車を止め、祝い用の酒を二本買って乗り込むまで雨はすぐ後ろで止まっている。

建物入口をくぐるとどしゃ降りになった。二階に上がるとエレベーターと階段から大勢の人が慌ただしく降りてくる。

どうやら火は出なかったようである。

私は体が小刻みに震えることを抑えることができなかった。

遠い夏の日の記憶である。

息子よ

一　幼児期

伝言

私は大阪市鶴見区に住んでいる。

昭和五十三年六月、私は何時もの様に仕事に出かけた。

妻は臨月である、予定より幾分遅れている。

「痛くなったらタクシー呼んで行けよ」。

「はーい、準備はできてます」。

と、元気な返事がかえってくる。

夜、仕事を終え帰宅すると机の上に、病院へ行きます　荷物を持ってきてと、走り書きと袋が二つ置いてある。

　受付の対応ももどかしい想いで部屋に入ると、妻は元気な顔を見せた。

「どうやった」。と聞くと
「三時頃にできたんよ　男の子」。
「そーか男の子か、よう頑張ってくれた」。
子供が出来た、男の子だ、妻よでかした、これで儂も親爺になれる、いやなれた。

未だ生まれて間もない子供を抱き上げて顔を見ても、自分に似ているのか似ていないかも全然分からないが無性に愛しくなる。

この子が大きくなるとどんな子になるのだろう。

とりあえず欲は言わない、五体満足に育ってくれたら、また、世の荒波に遭うだろう、
お前がなにかに挑むときは、また、世に抗う時、全面的にお前を信じ、世界中敵に回そうとも儂が味方だ、何も恐れず進むがいい。

だがもし……世に悪害をなす時は儂が討つ。

世に送り出した者の責として。

雲に成り風に成り、暖かい日差しとなってお前を支えていこう。

誕生から一年を過ぎた頃だろうか、私は豊中市で仕事をしていた。昼を過ぎ、仕事に取り掛かったばかりの処へ社長がやってきた。

自身のことを、土カ連の生き残りだといい、正しくは、戦時中の生まれで予科練の最後の年の志願兵だそうである。

予科練に志願はしたものの、敗色濃い頃で飛行機の訓練はおろか飛行機そのものがない。ときたま飛んでくるのはアメリカの飛行機ばかりで、それも、我が物顔で飛んでくる。通信隊に配属されたがやる事が無い。それで塹壕堀ばかりさせられていた、自他ともに認める土方の連帯、土カ連である。

敵機来襲の報を受けレーダー監視を続けても飛んでくるのはただ一機、後から来る爆撃機の編隊の為、上空から銀紙をばらまいて行く、そうするとレーダーにはチラチラするものが無数に映し出され役に立たない。

爆撃機が来るのは遥か上空、高射砲を打っても届かない、迎撃する味方の飛行機は影も無い。

敗戦後は返るところも仕事も無い。しかたがないので長崎の軍艦島でまた土方、今度は炭鉱の中で穴熊生活、土カ連の生き残りと言うことで周囲から一目置かれ、肩で風を切って歩いていたという。

数年後に大阪に出て来て建設会社に職を得て、都島の夜間大学で建築を学んだと言う。体は小さいが他人に気配りをし、何事にも大らかで時折、豪胆な面も持ち合わせていると見える人である。

私が大工に弟子入りして以来世話になっている人である。

息子の変事

社長は私の顔を見ると
「嫁さんから電話があって直ぐ帰って来いとゆうとるで、子供が具合悪うて入院させないかんからと伝えてほしいとのことやで」。

「分かりました。何事があったか知らんが直ぐに帰りますわ」。

後片付けもそこそこに帰路についた。

朝は元気な顔を見せていたのにとイロイロ考えながら、気ばかり先走りする。

家に帰り、寝かされているわが子の顔を見ると青白く血の気を失っていて、呼吸も弱い。

これはいかんと思った。

妻は入院に必要な物を準備している。足りない物のリストも作っていた。

これから再度病院に行くから、あとで荷物を届けてくれという。

妻に先生の見立てを聞いてみた。

「先生は何と言った、病名は」。

「川崎氏病と言われた」。

「入院させると助かるのか」。

「入院しても五分五分と言われた」。

そんな簡単に病名が付けられるのかと思ったが口にできなかった。

抱き上げると涙がこぼれた。

つい今朝まで笑顔を見せていたのに、この変わりようはどうしたことだ。

入院させても五分五分とはどうゆうことだ。

端からこの子の命は無いと言われているようではないか。

抱いたまま、幸薄い我子のことを思い、
どうすれば息子にとって一番いいのだろう。

先ず、入院させる、入院させるとどうなる。

小さな体に、検査だ、注射だと続き耐えられるだろうか、よくて身障者、悪い場合は死。

それでも、私は出来るだけの手は尽くしましたと言い訳をし、自分に言い聞かせ、周りの人も納得する。それでいいのか、それでいいのか、……

入院させなければどうなる。

入院させなくて死ぬようなことになれば、私の親兄弟はもとより妻の親兄弟、親戚中から少しの銭を惜しんで息子を殺した。

死ぬまで私を責め続けるだろう。

暫く考え込んだあとで、返事とてできるはずのない子に向かって

「このあと儂の寿命が何年あるか分からないが儂の命半分遣るからその分生きてくれ、それが無理なら儂の腕の中で死んでくれ、お前を冷たい病院のベッドの中で死なすようなことはしない、父親として精一杯の思いぞ、それで儂が親兄弟親戚中から責められようともあまんじて死ぬまで受ける。もし、死ぬようなことがあったらもう一度儂の息子として生まれて来てくれ」。そう言って膝に下ろすと、息子は大きく息を吸い込み、ふー、と吐き出した。

顔に赤みが帯びてきて生気がよみがえってきたように思えた。

俯いている妻に向かって、病院に行って先生に会ってくる。

入院はしない旨を言ってお詫びをして来る。

入院手続きも回収してくる。

そう告げて子を妻に渡し出かけていった

二　少年期

住まいを守口に移していた。

息子の後に女の子が生まれ、息子は中学生、娘は小学生になっていた。

親の懐具合が分かるのか二人ともあれが欲しいこれが欲しいとは言わなかった。

妻の育て方が良かったのか笑顔の絶えない家だったと思っている。子育ては総て妻に任せ口出しはしなかった。私の言ったことといえば、働きに出たいと云う妻に、子供を鍵っ子なんかにして寂しい思いをさせてはいけない、どうにもやりくりが苦しいならともかく、なんとか食べて行ければ中学出るまでは家で帰りを待ってやってほしい。それだけである。

中学二年の時だったろうか、私が帰るといつもと様子が違う。妻と息子が涙顔というかべそかき顔になっている。

親子喧嘩でもしたかな、たまにはあるかなと思い、触れないでおこうと思った。

妻が切り出した。

「兄ちゃん、先生に蹴られたんやって、私が文句言いに行ってもええけど、こんなことは男親がええと思うからお父さん行って来て」。

「僕は悪くない」。

事情が分からないから話を聞くことにした。

給食時間の時の事だそうである。

食べ終わった人は食器をめいめい隣の教室の指定された箱の中に置いて来ることになっていて、ほぼ同じに食べ終わり一時的に混雑する。息子は食器を持って出て来る人が少なくなるのを待っていた。そこへ先生が来て足首を蹴ったというのである。まだよく状態が呑み込めない。

ふだんは温厚な若い女の先生だそうである。

ただ食器を持って待っていただけで蹴られることは無いと思うのである。なにか気が付かずにしている筈だと思うので詳しく聞いてみた。教室の出入り口は廊下側に二ヵ所、掲示板の横にもう一ヵ所出入口があり、給食を取りに行く場合は一旦廊下に出て各人が膳を持ちその出入り口から自分の机に持ち帰る。食べ終わると逆の流れになる。

その日、息子は食べ終えた食器を持って掲示板の横の出入り口で出て来る人が途切れるのを待っていた。その時蹴られたと言うのである。まだよく分からない。

言い分をよくよく聞いているとやっと呑み込めた。食器を持つ人は直接隣の部屋へ行き持たない人は一旦廊下に出て自分の席に帰る。

持っているから掲示板の横で待っていた。廊下に出ないで直接席に帰ろうとする人が大部分だと言う、先生には息子が他の生徒のジャマに見えていたのであろう、それも毎日のことだそうである。腹に据えかねてのことに思える。

私が子供の頃には何かあれば先生にゲンコツの一つ二つは当たり前であった。大したことは無いと思うのであるが最近はそうではなくなったようである。

「僕は悪くない、ジャマなんかしていない、よけて待っていた、出入り口の上の壁にルールを書いた紙が貼られている、毎日そのようにしている」。

要するにほとんどの生徒が僅かな近道をしていてそれが当たり前になり、いつの間にか決まり事、ルールが忘れられていただけのことに思える。そんなことを言っても妻と息子は納得しないであろうし、納得させるよりも息子の将来を考えた。

先生にクレームつけるのはたやすいこと、一番安易なことに思える。それで明日から気持ちよく学校に行けるだろうか、お互いしこりを残し、気まずい学校生活になる様にしか思えない。息子を説得することにした。

先生は先生になるべくして先生になってるんや、昨日や今日先生になったんやないやろ、今頃は、あの子はいつも何故あんな動きをするか考えて気が付いているかもしれんやろ、気がついたら先生の方から謝って来るはずや、気が付かず、謝ってこなくても、許すと言う気に成れへんか、許すと言う気は相手より一段高い位置にいることやろ、お前が間違った事やったと思うてへんのなら卑屈にならず大きな顔をして行け、何かをやって他人に指摘されて喜ぶ人は稀やろ、自分で気が付いたことは素直に謝れるもんや、大まかにこのように言ったと思う。

あくる日何時もの様に元気に学校に行った。

三　受験

大学受験の年齢に成り希望は東京の私学だと言う、神向きの関係で年に三回は関東に家族で行く機会があった。

親として子の希望は叶えてやりたい。

関東に行く度息子は姿を消し、大学巡りをし、帰りに合流していた。教団の本部はまだなく毎回会場が変わり、帰りの待ち合わせ場所だけは決めていた。

最初は東京のＡ大学希望と聞いていた。

どういう訳か途中からＢの大学がいいと言いだした。どちらでもいいから好きな方にすれば良いといっておいた。

世はまさにバブルの全盛期である。学費に苦労することは無いと思っていた。

どうすれば受かるだろうかというので、それはお前の能力次第と答えるしかない。

塾にも通っていたがそれなりの成績は残していた。

どうしてもそこに入りたいなら三回はそこに行き、ここに来る、という強い思いを置いて来いと実に何の根拠も無い、いいかげんなアドバイスにならないことを言っておいたらそうすると何回か行ったようである。

受験シーズンに成りセンターテストだ、志望校選定だと高校生は大変な時期を迎える。

息子は何処で聞き込んできたのか、大阪で東京の入学案内があるから行ってみると出かけて行った。数枚の用紙を持ち帰ってきた。先生の推薦文があれば入学試験を受験できると言うのである。先生に書類を揃えてもらい、無事試験を受け合格してしまった。順風万歩といきたいがそうはいかない。

大学二年のときにバブル経済が弾けてしまった。父親である私の収入は半減してしまった。さあどうする。

参考資料

先代旧事本紀大成経　後藤隆　株式会社徳間書店　２００４年
石堂神社の由緒　編者　半田町文化財保護審議委員長　篠原晃　昭和60年４月
息吹く幅山　上柿源内　印刷徳島県教育印刷株式会社　平成８年
阿波貞光町の息吹　上柿源内　印刷徳島県教育印刷株式会社　平成13年
邪馬台国は四国にあった　大杉博　倭国研究所　昭和57年
邪馬台国の結論は四国山上説だ　大杉博　株式会社たま出版　一九九三年
神世の史跡案内　大杉博　倭国研究所　一九九七年
古代ユダヤと日本建国の秘密　大杉博　日本文芸社　平成12年
聖櫃アークと日本民族を守った大和朝廷　大杉博　倭国研究所　平成二十一年
失われたムー大陸　ジェームズ・チャーチワード　訳　小泉源太郎　株式会社大陸書房　昭和四三十年
ムー大陸の沈没　ジェームズ・チャーチワード　訳　小泉源太郎　株式会社大陸書房　昭和四十七年

御聖言　神受者　聖凰　岡田光玉　宗教法人　真光正法之會　令和二年
大地の母　出口和明　あいぜん出版　一九九三年
ひふみ神示　岡本天明　株式会社コスモ・テン・パブリケーション　平成六年
世界文明の「起源は日本」だった　上森三郎・神部一馬　株式会社ヒカルランド　２０１３年

あとがき

落葉広葉樹が枯れた時は遠くからでも分かるものです。自然に落ちる葉は広がったまま落ちると思います、山を遠望して葉が丸くなっているように見え、いつまでも落ちない木は枯れているとみてほぼ間違いがないと思います、櫟などはとくにそうだと思います。

松屋町筋から榎大明神を見た時は初冬だったと思います、手前の大きな木は葉が丸まったまま付けており、小さな木は半分程が落ちていて半分は丸まっていました。大きな樹に走り寄り、私が見当違いに言いがかりをつけ、詫びもせずほったらかしにしていたから枯れたのではないかと思い、抱きついてすまなかった、とにかく生きてほしいと詫び願いました。

続いて小さな木にも同じように詫びました。

責任の一端が私に在るような気がしてそうせずにはいられなかったからです。残念なことに大きな樹は枯れ小さな木は樹木医さんのお力添えで生きています、ありがたいことです。

令和四年十一月十九日、端山の忌部神社の祭礼があるとの情報を得、のぞいてみたい、紛れ込んでみたいと思っていたが農事作業で忘れてしまい、あくる日夕方一人行ってみた。神社の百メートルほど手前から小粒の雨が降り始め、駐車場に車を止めると前方に初めて見るような虹が出ている。端から端まで鮮やかに見え、左側から四分の一は二重になっている。社も境内も趣があり、直ぐ近くには年を重ねた江戸彼岸桜があり、徳島、山川には無い雰囲気を感じる。虹は、美馬中央橋で北に向かうと見えなくなった。後日距離を測ってみると十一キロもの間色褪せることなく見え、忌部神社の元地は此処だよと神様が教えているように感じられた。

ロシアとウクライナの戦争が始まって一年になる。田舎に住んでいるからか周囲の人達は対岸の火事ほどにも感じていないように思える。都会で住んでいる人達も同じようなものではないだろうか。

ひふみ神示では、最後の大戦は日本だと知らせている。人類の最後かと思えるような表現もある。天と地がまぜまぜになり何処に逃げても逃げ場はなく、臣民皆のたうつことになり、全員一時仮死状態になり、神が印を付けて置いた者を拾い上げると説かれている。

ひふみ神示は此の一点に尽きるのではないかとさえ思える。

御聖言では、食うためだけに祈る者には食わせるだけの神汝のもとに訪れん、広く大きな心で大宮神をおろがめば広く大きな神汝のもとに訪れん、これ、相応の理なりと宣言されている。大本教の雛形経綸を持ちだすまでも無く世界中の国が戦争の準備をしているように思えてならない。ただ日本だけ平和ボケのままのように思える。

初めての剣山登山からの部分は書くべきか書かざるべきか長く悩みこの年になってしまった。良くても自己顕示欲にとられるのではないかと思うからである。

この原稿はパソコンで書いている。

梅の吉野、桜の吉野からあと原稿用紙で百ページは書いたと思う、保存にしていたが梅の吉野を含めた部分から後が消えてしまった。気を取り直し七十ページほど書いただろうか、慎重に書いたつもりが再度消えてしまった。心が折れたとはこのことと、ずいぶん短くなった。残っていれば息子よ、の部分は書かなかったと思う。年を取り文字を読むことは出来ても書くことができない。パソコンに頼るほかない始末である。

子供の頃から、神様は何処か異空間に存在するのではなく、少し背伸びをすれば手が届く、いわば背中合わせのような世界に居られるのではと感じていました。

これから激動の時代に成り、神様の概念も大きく揺れ動く時を迎えるのではないでしょうか。一人でも多くの方が神様に縋りつき光の世界に進まれんことを望みます。

著者略歴

佐古　幸男（さこ・ゆきお）

夏の日に

2023年9月30日発行

著　者　佐古幸男

発行者　向田翔一

発行所　株式会社 22 世紀アート
〒103-0007
東京都中央区日本橋浜町 3-23-1-5F
電話　03-5941-9774
Email: info@22art.net　ホームページ：www.22art.net

発売元　株式会社日興企画
〒104-0032
東京都中央区八丁堀 4-11-10 第 2SS ビル 6F
電話　03-6262-8127
Email: support@nikko-kikaku.com
ホームページ：https://nikko-kikaku.com/

印刷
製本　株式会社 PUBFUN

ISBN：978-4-88877-256-3